Lieber Stefan,

Ganz viel Vergnügen bei der Lektüre wünschen

Ingrid + Herr Honig ♡

20 BUCHTHING 21

Originalausgabe November 2022

www.buchthing-verlag.de

ISBN 978-3-9823685-8-0

Gewidmet meiner Freundin Myriam

Du hättest Herrn Honig sehr gemocht.
Ihr hättet euch viel zu sagen gehabt.
Immerhin ist er fast so tapfer, wie du immer warst –
aber seine leichte Arroganz wäre dir völlig fremd gewesen.

Du warst bei der Überarbeitung immer in meinem Herzen dabei,
und wenn ich dieses Mal meine Worte
mit noch mehr Bedacht gewählt habe,
dann ist das dein Verdienst.

Wie schön, dich kennengelernt zu haben. Ich werde dich nie vergessen.

„Gäbe es kein Unglück,
gäbe es auch keine Helden“

Sprichwort aus Vietnam

Ein Drachenboot auf dem Weg zur Parfüm-Pagode

1. Der letzte Tag

Nun war es in der Tat bald geschafft. Noch ein- oder zweimal musste Laura die Stufen in den zweiten Stock hoch- und runterlaufen, dann war alles so verstaut, wie es mit ihrem Vermieter Herrn Steinhauser vereinbart worden war. Für zweieinhalb Monate hatte sie ihre kleine Wohnung einem Untermieter zur Verfügung gestellt. Am 20. Dezember würde der englische BWL-Student wieder ausziehen und für den 22. oder 23. war ihre Rückkehr geplant. Die Möbel konnte sie alle hierlassen, ihre persönlichen Gegenstände hatte sie in einige Umzugskartons gepackt. Ihre Winterklamotten würde sie wohl genauso wenig brauchen wie ihre lückenhafte Campingausstattung. Die Kartons durften unter der Kellertreppe bis Ende Dezember warten. Obwohl Herr Steinhauser es ansonsten sehr genau nahm mit der perfekten Ordnung im gesamten Gebäude, war er bereit, für sie eine kleine Ausnahme zu machen. Das bestätigte Laura mal wieder in ihrem Verdacht, dass der grauhaarige Endsiebziger ein bisschen für sie schwärmte. Mit einem Schmunzeln dachte sie an das altbackene Alpenveilchen zurück, das er ihr letztes Mal zum Geburtstag geschenkt hatte. Irgendwie schon rührend. Während sie die grauen Stufen bis zu ihrer Wohnungstür wieder hochlief, überkam sie die Lust auf eine Tasse Kaffee. Sie wollte sich eine kurze Pause gönnen und ein bisschen nachdenken. Die Kaffeemaschine brummelte laut, bevor sie den duftenden braunen Strahl in Lauras Becher laufen ließ. Ihre Lieblingstassen hatte sie schon beiseite geräumt – musste ja nicht sein, dass die einem fremden Studenten zum Opfer fielen. Sie setzte sich mit dem heißen Becher zwischen beiden Händen auf die Fensterbank in ihrer Küche. Es war Anfang Oktober und der Herbst hatte definitiv Einzug gehalten. Das Laub der Kastanie war schon dunkelgelb verfärbt, einige Sträucher in Frau Wesemanns Garten hatten ihr Blätterwerk bereits komplett abgeworfen, im Rasen waren die Blüten einzelner Herbstzeitlosen zu sehen. Schon morgen würden sie wohl ganz andere Temperaturen erwarten. Sie hatte immer mal wieder verschiedene Wetterberichte verglichen und es schien keinen Zweifel zu geben: um die 29 Grad und nur einzelne Regentage im Oktober. Sie war sich nicht sicher, wie gut sie damit zurechtkommen würde. Aber das galt für Vieles in Bezug auf die kommenden Monate. Sie rührte gedankenverloren die Milch in ihrem Kaffee unter und wartete, bis der Zucker sich völlig gelöst hatte. Kaffee mit Kandiszucker – das hatte sie von ihrer Oma übernommen. Laura seufzte. Es war ein ganz schönes Abenteuer, auf das sie sich da eingelassen hatte. Vor einem Monat hatte ihr Chef sie zu sich in sein Büro bestellt. In seinem schweren Ledersessel sitzend, die leuchtend orangerote Fliege dicht an seinem dürren Hälschen und die schwarze Hornbrille vorn auf der Nasenspitze hatte er ihr in seiner wie immer sehr umständlichen und übertrieben verbindlichen Art versichert, dass er mehr als zufrieden mit ihrer Arbeit sei, dass ihr die Gewinnung von Neukunden überdurchschnittlich gut gelänge und dass auch Bestandskunden sehr zufrieden mit ihren Anlagetipps und ihren Beratungen zum Day-Trading seien. So herausragendes Engagement müsse belohnt werden und sie sei mit ihren 25 Jahren genau im richtigen Alter, um an ihre Karriere zu denken. Im Moment sei noch keine höhere Stelle zu besetzen, in einem halben Jahr könne alles schon anders aussehen und er habe für sie ein unschlagbar gutes Angebot, das ihr erlaube, wertvolle Erfahrungen zu sammeln. Sie könne für zweieinhalb Monate eine Art Praktikum bei der ConsuDirecto-Bank in Hanoi machen. Ihre Unterkunft in Hanois Innenstadt werde von der Bank bezahlt, ebenso der Hin- und Rückflug und sie bekäme ein großzügiges Taschengeld für „kulturelle Unternehmungen" gestellt. Begleitet von seinem stets etwas kindischen Gelächter unter heftigem Zucken seiner schmächtigen Schulterchen hatte er noch hinzugefügt, dass da niemand nachfrage, wofür sie das Geld tatsächlich ausgebe – es sei ja alles immer irgendwie auch Kultur. Einzige Bedingung für die Absolvierung des außergewöhnlichen Praktikums sei die Führung eines bereits vorbereiteten Praktikumsheftes, das eine Reihe von Fragen, Beobachtungsaufträgen und ähnlichem enthielte, die Bereitschaft zur Teilnahme an einer internationalen Teambuilding-Maßnahme und ein wöchentlicher dreiseitiger Bericht über ihre Tätigkeiten und Erfahrungen. Laura erinnerte sich nur zu gut an das Gefühl, das sie in diesem Moment überkommen hatte. Es war eine Mischung aus unglaublicher Neugier auf etwas ihr völlig Unbekanntes, die Freude über eine unerwartete Chance und die gleichzeitige Befürchtung, einer so fremden Sache im Grunde doch gar nicht gewachsen zu sein. Ihren Einwand, sie sei in Fremdsprachen nicht besonders bewandert, entkräftete ihr Chef sofort. Niemand erwarte von ihr fundierte Analysen des vietnamesischen Marktes. Ihr Aufgabenbereich sei der internationale Börsenmarkt, Beobachtungen zum Day-Trading und allgemeine Eindrücke, sozusagen ausschließlich Bereiche, in denen sie gut mit Englisch zurechtkäme. Es seien zwei weitere deutsche Praktikanten mit denselben Aufgaben vor Ort – ein junger Mann aus Hamburg und einer aus Dresden – und es sei von ConsuDirecto aus für einen Dolmetscher gesorgt, der seinerseits mehrere Jahre in Deutschland gelebt und gearbeitet habe. Das sei also gar kein Problem. Er händigte ihr eine Mappe mit mehreren Informationsprospekten aus sowie einen USB-Stick und meinte, sie habe drei Tage Zeit, sich einzulesen und zu informieren, dann erwarte er eine klare Zu- oder Absage. Lang hatte sie nicht gebraucht, um sich für das Abenteuer zu entscheiden. Zweieinhalb Monate waren ein überschaubarer Zeitraum. Selbst wenn es ihr überhaupt nicht gefiele, war sie sich sicher, es auszuhalten. Sie erinnerte sich amüsiert an das Praktikum, das sie vier Wochen lang in einer Filiale des Bankkonzerns in der schwäbischen Provinz abgeleistet hatte. Es hatte sie damals in ein 400-Seelen-Dörfchen mit einer Bankfiliale verschlagen, die von gefühlt drei Leuten besucht wurde. Sie wusste damals oft nicht, womit sie die Zeit totschlagen sollte und die paar Wochen kamen ihr endlos vor. Natürlich war ihr klar, dass ihre Dienste für die wenigen älteren Dorfbewohner von unschätzbarem Wert waren, und trotzdem stellte sie sich in dieser Zeit oft die Frage nach dem Sinn und Wert ihres Tuns. So schlimm konnte es in Hanoi ja gar nicht werden. Die Prospekte und Informationen auf dem Stick lasen sich in der Tat sehr interessant. Ihr Chef hatte Recht damit, dass der Vorschlag für diese Reise zu einem idealen Zeitpunkt kam. Sie musste einfach zusagen – so eine Chance würde sie kein zweites Mal erhalten.

2. Sebastian

Sie blickte weiter nach draußen. Ihre Tasse war leer, aber Laura wollte noch einen Moment in Ruhe hier sitzenbleiben. Draußen sauste ein Skateboardfahrer in einem blaugrauen Hoodie über den Gehweg. Laura zuckte zusammen – Sebastian? Sie entspannte sich. Nein, er war es nicht. Er hatte ihm nur ähnlichgesehen. Sebastian... Lauras Blick ging ins Leere. Nicht zuletzt seinetwegen hatte sie sich für diese Auslandserfahrung entschieden. Drei Jahre waren sie ein Paar gewesen. Sebastian hätte sich wohl ein Leben mit ihr vorstellen können, aber das wäre nicht gut gegangen. Er war ein echter Landbursche. Lauras Eltern bewirtschafteten einen Hof. Sie hatten mehrere Äcker für Kohl, Zuckerrüben, Möhren und Gurken. Sebastian liebte die Arbeit – Laura hasste sie. Für Sebastian gab es fast nichts Schöneres als einen Wochenendtrip raus auf den Hof. Von morgens bis abends konnte er schuften, ackern und graben und kam abends je nach Jahreszeit mit Sonnenbrand im Gesicht und im Nacken oder mit rotgefrorenen Wangen zurück. Für Laura war das nichts. Es war definitiv nicht ihre Welt. Richtig schwierig wurde es vor einem dreiviertel Jahr. Die alten Schmolltkes, die Nachbarn ihrer Eltern, gaben ihren Hof auf. Sebastian träumte davon, das Gelände zu kaufen, fest in die Landwirtschaft einzusteigen und die Felder zu bewirtschaften. Im Gegensatz zu Lauras Eltern hatten Schmolltkes auch ein paar Tiere. Genaueres wusste Laura nicht, ein paar Schweine und ein bisschen Geflügel. Sebastian strahlte, wenn er sich in schillernden Farben ausmalte, wie toll das alles würde. In seinem Feuereifer bemerkte er fast nicht, wie traurig Laura dieses Gerede machte. Er würde seinen Job in der Motorradwerkstatt an den Nagel hängen – auch mit diesem konnte Laura nichts anfangen. Der Geruch nach Öl und Gummi war ihr zuwider. Weshalb konnte Sebastian nicht einfach in einem Büro arbeiten? Lauras Eltern waren begeistert. Auch sie waren überzeugt davon, wie schön das würde, wenn die beiden ins Nachbarhaus zögen, man könne sich gegenseitig helfen, man könne sich regelmäßig sehen und wenn dann mal Enkelkinder da seien, sei ja alles noch unproblematischer. Laura ertrug den Gedanken nicht. Sie hatte es schon als Kind gehasst, im Sommer auf den Feldern zu arbeiten. Wie froh war sie, als sie die Realschule mit herausragenden Ergebnissen abschloss. Sie wollte nur weg aus diesem Landleben, weg von Feldern, Erde, Dünger und Unkraut, sie wollte eine andere Tätigkeit. Sie sah sich lieber in einem Büro, sie liebte die Arbeit am PC und sie wollte nie irgendetwas mit Landwirtschaft zu tun haben. Ihre Eltern waren unendlich enttäuscht. Hatten sie denn nicht ihr Möglichstes getan, um ihr das Leben auf dem Lande schmackhaft zu machen? War denn alles, was sie seit jeher machten, falsch? Zwei Jahre lang hatte Laura kaum Kontakt zu ihnen. Dann ging es langsam besser. Ihre Eltern begriffen, dass sie in der Bank ihre Berufung gefunden hatte. Glänzendes Diplom, etliche Fortbildungen, beste Arbeitszeugnisse – Laura hatte ihren Traum vom Leben fernab von Hof und körperlicher Arbeit umgesetzt. Und dann kam Sebastian. Sie lernte ihn im Urlaub kennen, in einem Strandbad an der Ostsee. Er sah umwerfend gut aus, ein echter Surfertyp: etwas wuschelige längere braune Haare, durchtrainiert, ohne ein Muskelprotz zu sein, ein hinreißend offenes Lachen und eine unbändige Lebensfreude. Natürlich fühlt sich ein Urlaubsflirt schnell perfekt an – sie ließ sich darauf ein und eine zeitlang lief alles richtig gut. Bis sie Sebastian nach einiger Zeit ihren Eltern vorstellte. Nein, es passierte nicht sofort bei der Vorstellung, es war ein schleichender Prozess. Sie wollte es erst nicht wahrhaben, sie gab sich noch eine Weile der Illusion hin, alles ließe sich aufhalten, es könne so werden wie zuvor. Sie hätte gerne länger an der Beziehung festgehalten, viel länger. Es fühlte sich gut an: Getrennte Wohnungen, sie besuchten sich nur, wenn ihnen danach zumute war. Sie gingen oft aus und vermieden so nervige Auseinandersetzungen um Küche, Abwasch und Haushalt. In Lauras Augen war das optimal, Sebastian jedoch wollte mit ihr zusammenziehen. Sie verschloss die Augen vor diesen sich anbahnenden Diskrepanzen. Egal – es war vorbei. Sie erinnerte sich an ihren letzten gemeinsamen Abend. Strahlend gelaunt hatte er sie abgeholt, er hatte einen Tisch beim Italiener um die Ecke reserviert. In seinen Augen sollte es wohl ein schöner Moment zu zweit bei Pizza, Salat und Rotwein werden. Aber schon auf dem Weg ins Restaurant ging es nur um seine Pläne, nur um den Hof, nur um die Idylle des Landlebens. Laura riss schnell der Geduldsfaden. Sie wurde laut, viel lauter als nötig gewesen wäre, und noch bevor sie an der Pizzeria ankamen, war der Streit völlig aus dem Ruder gelaufen. Sie weinte, Sebastian zeigte ihr deutlich seine Verletzung und Enttäuschung, ein Wort gab das andere und ihre Wege trennten sich im wahrsten Sinne des Wortes. Seither hatte sie nichts mehr von Sebastian gehört. Kein Wort. Schade – aber ihre Lebenswelten hätten wirklich nicht zusammengepasst. Es war wahrscheinlich von Anfang an nur ein Luftschloss. Laura stand auf. Genug der traurigen Gedanken an die Vergangenheit. Es hieß nach vorne blicken. Immerhin hatte ihr die Chance in Hanoi den idealen Vorwand geliefert, um gründlich auszumisten und alle Erinnerungen an Sebastian zu vernichten. Beim Durchwühlen, Durchforsten und Aussortieren ihrer Habseligkeiten war sie auch auf Herrn Honig gestoßen, der in diesem Moment vor ihr auf dem Küchentisch saß. Laura schmunzelte, als sie ihn zur Hand nahm und ihre Finger durch den immer noch samtweichen hellen Pelz gleiten ließ. Herr Honig war eine ihrer lebendigsten Kindheitserinnerungen und am liebsten hätte sie ihn mitgenommen nach Hanoi. Aber so war nun einfach der richtige Zeitpunkt gekommen, um Abschied von der Vergangenheit zu nehmen und einen Schlussstrich zu ziehen. Herrn Honig würde sie morgen früh in das Körbchen setzen, das Sachen zum Mitnehmen enthielt. Herr Steinhauser hatte ihr erlaubt, ein solches außen vor der Haustür zu platzieren. Laura hatte beim Ausräumen einige Dinge entdeckt, von denen sie sich zwar trennen wollte, die ihren Mitmenschen aber vielleicht noch nützlich sein könnten. Eine Blumenvase, die ihr Sebastian geschenkt hatte, ein Windlicht, das sie zusammen auf einem Bauernmarkt gekauft hatten, einige Romane, die sie schon gelesen hatte und sicher kein zweites Mal mehr lesen würde und so weiter. Und genau in diesem Körbchen würde Herr Honig morgen früh seinen Platz finden. Bestimmt konnte er noch jemandem Freude machen.

3. Herr Honig

Mittlerweile war es draußen dunkel geworden. Laura wollte schlafen gehen. Der morgige Tag würde anstrengend werden. Um 8 Uhr morgens ging ihr Zug nach Frankfurt, dann der Check-In und am späten Nachmittag würde sie der Flieger nach Hanoi bringen. Voraussichtliche Ankunft war um halb acht morgens Ortszeit. Sie spürte ihre Aufregung. Es würde ein richtig spannendes Abenteuer werden. Als sie kurze Zeit später im Bett lag, fiel ihr noch einmal Herr Honig ein. Erneut schmunzelte sie bei dem Gedanken an die Geschichte, die sie seit ihrer Grundschulzeit mit dem hellbeigen Teddybären verband. Er war kein Kuscheltierchen, das man klassischerweise einem Kind schenkt. Sein Kunstpelz war sehr hell, seine vier Pfoten waren mit einem ganz kurzen hellen Pelzchen bespannt. Auf der rechten Hinterpfote stand gestickt mit braunen Buchstaben der Designername „Bukowski", die linke Pfote war blank. Was hatte sie diese Beschriftung als Kind genervt. In der Grundschule versuchte sie mehrfach ihm Socken zu häkeln oder zu stricken, aber aufgrund ihrer völlig fehlenden Begabung für handwerkliche Dinge im weitesten Sinne scheiterten diese Versuche kläglich. Herrn Honigs Glasaugen waren tiefschwarz und glänzten auch nach all den Jahren noch genauso kräftig wie an dem Tag, als Laura ihn geschenkt bekommen hatte. Um den Hals trug Herr Honig eine weiße Fliege und sein hübsches Oberkörperchen steckte in einem schwarzen Frack, auf dessen rechter Seite ein kleines Täschchen mit einem Einstecktüchlein war. Gerne hätte sie es als Kind herausgenommen, aber es war fest mit dem Täschchen verbunden. Kurzum – kein typisches Kinderspielzeug. Eines Tages war Frau Samyczek, die „Polin" – wie ihre Eltern stets etwas abschätzig zu der Dame sagten – zu Laura in den Garten gekommen. Ihre Eltern mussten wohl auf dem Feld gewesen sein, sonst hätte sie sich nicht hereingewagt. Frau Samyczek war eine äußerst elegante Erscheinung, von der niemand so recht wusste, was sie aufs Land verschlagen hatte. Sie trug stets Kostüme, ihre Nägel waren alle drei bis vier Tage frisch lackiert, ihre Halsketten, Schuhe und Handtaschen perfekt aufeinander abgestimmt und sie hob sich so entsprechend von den anderen Frauen im Dorf ab. Die Mantelschürzen der alten Frau Schmolltke oder die Latzhosen ihrer Mutter konnten damit nicht konkurrieren. Frau Samyczek war etwa im Alter ihrer Eltern, soweit sie das als Kind richtig einschätzen konnte. Jedenfalls stand sie an besagtem Tag vor Laura im Garten und hielt eine noble Papiertüte in der Hand. Sie grüßte Laura äußerst freundlich und überreichte ihr die Tüte. Natürlich konnte sich Laura nicht mehr an jedes Wort erinnern, dazu lag das Gespräch schlicht und ergreifend schon zu lange zurück, aber ein paar Elemente waren ihr im Gedächtnis geblieben. Sie sei so ein hübsches Mädchen und es sei schade, dass sie hier auf dem Land „versauern" müsse – Laura verstand damals gar nicht, was damit gemeint sei. Sie wolle doch bestimmt hinaus in die weite Welt und etwas sehen und erleben und sie sei nicht für die Feldarbeit bestimmt. Laura erinnerte sich daran, wie gut ihr diese Sätze taten. Es gab tatsächlich Erwachsene, die sie verstanden. Sie habe von einem Bekannten diesen Teddybären geschenkt bekommen und selbst keine Verwendung dafür. Es sei ein edles Sammlerstück, in „limitierter Auflage". Auch das sagte Laura damals nicht viel. Es solle Laura stets daran erinnern, dass sie das Recht habe, anders zu sein, als man es von ihr erwarte, und dass sie ihre Träume von der großen weiten Welt jenseits von Rübenäckern und Unkrautjäten niemals aufgeben solle. Laura hatte keine Ahnung, warum Frau Samyczek wusste, dass sie mit dem Dorfleben unglücklich war. Vielleicht hatte sie es einfach aus Lauras Gesichtszügen abgelesen oder ihre Eltern hatten doch einmal mit ihr gesprochen. Es war Laura eigentlich auch egal. Als sie einen Blick in die Tüte warf, war sie damals zunächst alles andere als begeistert. Sie sah in diesem Plüschtier eher eine unnahbare Schönheit. Aber mit jedem Tag, den der Bär in ihrem Zimmer saß und sie mit seinen schwarzglänzenden Augen ansah, wuchs er ihr mehr ans Herz. Sie verstand immer besser, was er ihr sagen konnte und sollte: er war genauso wenig für das Dasein in ihrem Kinderzimmer gemacht wie sie für die Hofarbeit für ihre Eltern oder für ein Leben mit Sebastian. Ihren Eltern hatte sie nie gesagt, woher der kleine hellbeige Kerl kam. Es hätte sie ohnehin nicht interessiert. Vom Tag des Geschenkes an entspann sich eine Art loser Freundschaft zwischen ihr und Frau Samyczek. Auch davon erfuhren ihre Eltern nichts. Nach der Schule ein Plausch am Gartenzaun, auf dem Weg zum Bäcker ein kurzer Umweg an Frau Samyczeks Terrasse vorbei, ein kleines Gespräch an der Supermarktkasse. Die Dame erzählte nichts von sich selbst, aber sie war immer interessiert daran, wie es Laura ging, was sie in der Schule erlebte und was sie für ihre Zukunft plante. Laura taten die Gespräche sehr gut, und Herr Honig erinnerte sie jeden Abend daran. Seinen Namen hatte er der Farbe seines Fells zu verdanken, die Laura an frischen Honig erinnerte, und die Anrede „Herr" seinem eleganten Erscheinungsbild. Mit diesen Gedanken im Kopf schloss Laura die Au-

4. Aufbruch

Nun war also der große Tag gekommen. Eine letzte Tasse Kaffee, ein letzter Blick aus dem Fenster. Bald würde sie ja zurück sein. Laura schnappte Herrn Honig und einen Roman, den sie gestern noch vergessen hatte, und trug die Kiste mit den Dingen zum Mitnehmen nach unten vor die Haustüre. Der Blick des Teddybären berührte sie eigenartig. War es falsch? Sollte sie das Andenken an ihre Kindheit doch behalten? Sie nahm ihn noch einmal auf den Arm und hielt ihn vor ihr Gesicht. Nein, es war richtig. Sie hatte ihren Platz im Leben gefunden, sie hatte den Absprung geschafft. Herr Honig hatte sie begleitet und nun war es gut. Er hatte seine Aufgabe erfüllt und konnte einem anderen Menschen eine Freude machen. Sie fuhr ihm mit den Fingern durch den Pelz, setzte ihn ganz oben vor den zuletzt hinzugefügten Roman und ging nach oben. Sie packte ihren Koffer, einen ihrer Schlüssel warf sie wie vereinbart in Herrn Steinhausers Briefkasten. Den zweiten behielt sie bei sich. Entgegen ihrer Vereinbarung. Sie wollte am Tag ihrer Heimkehr unabhängig von ihm sein. Beim endgültigen Aufbruch Richtung Bahnhof fiel ihr Blick noch einmal auf Herrn Honig, wie er stolz und edel vor dem Buch thronte. Sie ertappte sich dabei, wie sie ihm in Gedanken alles Gute wünschte – lächerlich, einem Plüschbären. Sie schmunzelte über sich selbst, dann lief sie, ihren Rollkoffer hinter sich herziehend, zielstrebig die Hauptstraße zum Bahnhof hinunter.

Herr Honig saß da und wunderte sich. Was war denn das jetzt? Hier sollte er also sitzen bleiben? Was war nur in seine Besitzerin gefahren? Sie verhielt sich ja manchmal etwas sonderbar, aber das ging ihm dann doch einen Schritt zu weit. Seit Jahren hatte er einen festen Platz im Regal, im Warmen und Trockenen, geschützt vor Regen, Staub und Hitze. Nun gut, das mit dem Staub war relativ. Es gab schon Phasen, in denen er sich selbst einen Putzlappen gewünscht hätte. Aber es war doch alles in Ordnung. Weshalb wurde er denn nun auf einmal verbannt? Womit hatte er das verdient? Sie schien ja nicht zornig, enttäuscht oder wütend zu sein. So hatte er sie in den vergangenen Jahren schließlich auch erlebt. Eher gespannt und aufgeregt. Fast so wie damals, als sie gemeinsam vom Dorf in die wenige Kilometer entfernte Kleinstadt gezogen waren, die er jetzt sein Zuhause nannte. Zog sie wieder um? Das Leuchten in ihren Augen deutete darauf hin. Nur: Warum ohne ihn? Warum durfte er nicht mit? Er fand es reichlich ungerecht. Seit Jahren war er nun ihr treuer Begleiter. Dabei wollte er damals gar nicht weg aus seinem ersten Zuhause. Bei der Dame war es ihm sehr gut gegangen. Alles war picobello sauber – nach Staub hätte er förmlich suchen müssen. Er hasste nichts so sehr wie Staub und Schmutz. Staub hinterließ so hässliche graue Spuren in seinem edlen Pelz. Widerlich! Als er damals dieses Kind erblickte, traute er seinen Augen nicht. Sollte er etwa als Kinderspielzeug herhalten? Er sah sich damals schon in klebrigen Schokofingern gefangen, im Sandkasten sitzend oder mit Puppenkleidern verunstaltet. Aber nein – so schlimm war es nicht. Die Versuche, ihm Socken anzulegen, ließ er tapfer über sich ergehen. Seine neue Besitzerin sah wohl selbst ein, dass ihre Produkte den Namen „Socke" nicht ernsthaft verdient hatten. Keine seiner Befürchtungen erfüllte sich: seine kleine Besitzerin war zurückhaltend und vorsichtig. Er blieb sauber und unbeschadet und er hatte es gut. Bis zum heutigen Tag. Ihm hatte ja gestern schon nichts Gutes geschwant, als sie ihn so lange betrachtet und gestreichelt hatte wie schon lange nicht mehr. Er war nicht der geborene Kuschelbär. Am liebsten war es ihm, wenn man ihn einfach in Ruhe auf seinem Stammplatz sitzen ließ. Den innigen Moment gestern hatte er dennoch genossen. Nur seltsam war es ihm vorgekommen. Er hatte geahnt, dass sich irgendetwas ändern würde. Dass es allerdings so laufen würde, und er hier geparkt werden würde, hatte er sich nicht ausgemalt. Ihm blieb nun nichts anderes übrig, als geduldig auszuharren. Ewig konnte das ja nicht dauern. Er blickte vorsichtig um sich. Er war noch nie lange draußen gewesen. Dennoch wusste er, was Regen war und wie er sich anfühlte. Noch war der Himmel nur grau. Das ließ ihn hoffen, dass er zumindest trocken bleiben würde. Nässe ertrug er nicht. Ihm graute vor Wasser. In der Straße war nichts geboten. Das war ihm ganz recht. Dann konnte er in Ruhe seinen Gedanken nachhängen. Das machte er eh am allerliebsten. Ob sie wohl am Abend zurück sein würde? Das erschien ihm mehr als unwahrscheinlich. Die umfangreichen Umräumarbeiten und das intensive Ausmisten ihrer Sachen ließen wohl darauf schließen, dass sie sich mit ihrer Rückkehr Zeit lassen würde. Ob er so lange hier warten würde? Ob jemand daran denken würde, dass er ungern über Nacht hier draußen bleiben würde? Er mochte den Gedanken daran überhaupt nicht. Weshalb hatte er nicht einfach auf seinem Regal sitzen bleiben können? Er hätte doch niemanden gestört. Und warum um alles in der Welt hatte sie ihn denn nicht mitgenommen? So sehr er auch nachdachte, ihm fiel keine plausible Erklärung ein.

5. Abflug

Mittlerweile hatte Laura im Flugzeug Platz genommen. Die Wartezeit am Flughafen war sehr schnell vergangen. Einen Moment lang war sie vor einer Auslage mit Plüschtieren stehen geblieben. Charakterlose, billige Massenware. Ihr kamen die Augen von Herrn Honig in den Sinn. Warum nur hatte sie sich dazu entschieden, ihn herzuschenken? Vielleicht hätte ihr auch in Zukunft ein Blick in die schwarzen Glasaugen ab und zu ganz gutgetan. Egal – vielleicht würde sie in Hanoi ein geeignetes Andenken finden, das ihr immer mal wieder in Erinnerung rufen würde, dass sie ihren Platz in der Welt gefunden hatte. Laura legte den Gurt um ihre Taille und schnallte sich an. In ihren Händen hielt sie das zart duftende warme Baumwollhandtuch, das ihr die Stewardess beim Einsteigen gereicht hatte. Eine nette Geste, fand sie. Sie war noch nicht oft geflogen. Einmal zu einer Teambuilding-Maßnahme nach Berlin und einmal mit ihrer besten Freundin Liv nach Mallorca. Partyurlaub mit 17. Außer den Diskobesuchen und den Flirts am Strand war ihr von der Reise nichts in Erinnerung geblieben. Entsprechend gespannt war sie, wie sich ein so langer Flug anfühlen würde. Neben ihr saß links ein älterer Mann in Anzug und Krawatte, der alle 30 Sekunden einen hektischen Blick auf seine Armbanduhr und sein Handy warf, als müsste er sich stets davon überzeugen, dass auf beiden Geräten dieselbe Uhrzeit angezeigt wurde. An ihrer rechten Seite hatte ein dunkelhäutiger junger Mann Platz genommen, der sich, kaum dass er sich hingesetzt hatte, in einen dicken Roman vertiefte. Laura hatte keine Ahnung, um welche Sprache es sich handelte. Thailändisch vielleicht? Egal. Jedenfalls würde sie ihre Ruhe haben und keinen Smalltalk führen müssen. Das war ihr lieber. Hektisch liefen zwei Stewardessen durch die Reihen, um die Erfrischungstücher wieder einzusammeln und um die Speisekarten fürs Abendessen auszuteilen. Man konnte zwischen einem europäischen und einem asiatischen Menü wählen: entweder Reis mit Seelachs und Zucchini oder Schweinefleisch mit Wasserspinat. Laura entschied sich sofort für die asiatische Variante. Wenn schon, denn schon. Ihre Sitznachbarn wirkten etwas gelangweilt. Bestimmt waren sie Vielflieger, für die das alles nichts Besonderes mehr war. Sie hingegen war neugierig auf alles und aufgeregt. Dieses Gefühl wollte sie sich bewahren. Der Bildschirm auf der Rückenlehne vor ihr zeigte in Endlosschleife einen Werbefilm über die Sehenswürdigkeiten Vietnams. Wieviel Zeit ihr wohl bleiben würde, um etwas über die Kultur des Landes zu lernen? Ob sie am Wochenende mal einen Ausflug machen könnte? Das würde sich alles zeigen. Vielleicht hätte sie doch etwas mehr Geld für einen dickeren Reiseführer ausgeben sollen. Sie besaß nur ein kleines Heftchen mit ein paar Fotos und sogenannten Insider-Tipps. Die Stewardessen begannen, die Sicherheitshinweise und das Verhalten im Falle einer Notlandung zu erklären und pantomimisch vorzuführen. Zuerst auf Vietnamesisch, dann auf Englisch. Laura lauschte gespannt auf den fremden Klang der Sprache. Sie musste fast ein bisschen schmunzeln. Es klang in ihren Ohren lustig: ein etwas abgehackter Singsang mit unterschiedlichen Tonhöhen. Ihre Sitznachbarn hatten demonstrativ die Augen geschlossen. Mit Sicherheit Vielflieger. Nun setzte sich die Maschine in Gang. Zuerst ganz langsam, ein paar Meter vom Gate weg. Dann eine lange Kurve bis zur Startbahn. Vor den Fenstern zog das Flughafengelände vorbei, es war in das orange Licht der untergehenden Sonne getaucht. Das Flugzeug wurde schneller und schneller, die Motoren waren laut - und da war der Moment, der kleine Magenheber, als die Maschine abhob. Laura liebte dieses Gefühl, diesen klitzekleinen Moment der Schwerelosigkeit. Das Abenteuer hatte begonnen. Für Laura verging die Zeit im wahrsten Sinne des Wortes wie im Flug. Zuerst bekam jeder Fluggast ein kleines Getränk gereicht, kurz wurden Plastiktüten mit Bordpantoffeln, Zudecken und Augenmasken gereicht. Etwas später wurde das Abendessen serviert, danach erneut Getränke. Zwischendurch begrüßte der Pilot die Passagiere, wobei Laura kein Wort verstand und sich nicht einmal sicher war, ob im Moment die vietnamesische oder die englische Fassung des Textes zu hören war. Schließlich machte es sich jeder im Rahmen der Möglichkeiten zum Schlafen gemütlich. Laura beschloss, sich ein bisschen mit dem Bildschirm zu beschäftigen. Ein paar Runden Solitär, im Anschluss ein reichlich sinnloses Spiel, in dem vorbeilaufende Pizza mit Zutaten belegt werden musste, und zum Schluss sah sie sich einen actionreichen Spielfilm an. Irgendwann fiel sie in einen unruhigen Schlaf und träumte von einer Ticketkontrolle durch einen großen Bären. Als Laura wieder aufwachte, begannen die Flugbegleiterinnen gerade, das Frühstück vorzubereiten. Ein Blick auf den Bildschirm verriet ihr die Uhrzeit in Vietnam und Laura stellte ihre Armbanduhr um. Ein erster Schritt für ihre Ankunft im Neuen. In etwa eineinhalb Stunden würde das Flugzeug in Hanoi landen und jetzt war Laura richtig aufgeregt. Sie bereute es, sich nicht intensiver mit der Stadt beschäftigt zu haben. Sie hatte wirklich gar keine Ahnung, was sie nun erwarten würde. Überhaupt keine. Manchmal hatte sie den Eindruck, dass sie erst dann zu denken begann, wenn längst klar war, dass die getroffenen Entscheidungen falsch waren. Der Anblick Herrn Honigs auf dem dicken Roman huschte vor ihren Augen vorbei. Warum denn jetzt das? Hanoi war das Thema, nicht dieses kleine Plüschtier. Ja, es mochte ja sein, es war wahrscheinlich falsch gewesen, ihn wegzugeben, aber eine Katastrophe war das nun wirklich nicht. Sie ließ sich das Frühstück so gut es ging schmecken. Eine Art Suppe mit Nudeln und Rindfleisch und ein Brötchen mit Butter. Eigenartig für ihren Geschmack. Würde sie das jetzt etwa öfter schon früh am Morgen serviert bekommen? Sie musste sich dringend besser über das Land informieren. Warum nur war sie so blauäugig in dieses Abenteuer gerannt? Sie verstand sich selbst nicht recht. Logisch, die Bildchen aus der Infomappe und die kleinen Texte und Bilder auf dem USB-Stick hatten ihr zunächst gereicht, aber sie könnte bei ihren Kollegen und Vorgesetzten sicher einen besseren Eindruck machen, wenn ihr Wissen über das Land ein bisschen über Oberflächlichkeiten hinaus ginge. Naja, noch ließe sich das ja nachholen. Das Frühstücksgeschirr wurde eingesammelt, es folgte die Aufforderung sich anzuschnallen und die Maschine ging in den Sinkflug über. Die Ankunft in Hanoi und im Abenteuer stand unmittelbar bevor. Lauras Herz pochte heftig, als die Räder den Asphalt der Landebahn berührten.

6. Ankunft

Sie war überrascht von der Weitläufigkeit und der Modernität des Flughafengeländes. Irgendwie war sie davon ausgegangen, dass alles hier ärmlich und rückständig sein müsste. Wie arrogant! Sie musste sich wirklich dringend mehr Wissen über das Land und seine wirtschaftliche Situation anlesen. So konnte sie sich in der Bank ja nur blamieren. Laura lief zur Gepäckausgabe. Ihre beiden Sitznachbarn hatte sie sofort aus den Augen verloren. Die beiden waren äußerst zielstrebig oder geradezu hektisch unterwegs, während Laura alles, was sie sah, neugierig und interessiert beobachtete. Die Beschriftung der Flughafeninfrastruktur war konsequent zweisprachig in Englisch und Vietnamesisch, sodass sie sich problemlos zurechtfand. Sie suchte zunächst die Toilette auf, dann lief sie weiter zur Gepäckausgabe. Sie musste nicht allzu lange warten, bis sie ihren hellblauen Rollkoffer erblickte. Sie nahm ihn vom Band und lief dann Richtung Ausgang. Neben ihr waren nun zwei junge offensichtlich deutsche Männer, die genau wie sie suchend um sich blickten. Es mussten wohl die beiden anderen Praktikanten sein, von denen ihr Chef ihr erzählt hatte. Die drei lächelten sich kurz an. Laura fühlte sich fehl am Platze. Die beiden wirkten viel weltgewandter und souveräner als sie. Es dauerte nicht lange und die beiden Männer begannen ein Gespräch über ihre Tätigkeiten bei der Bank und betonten dabei stets, wie viel sie leisteten und welche Erfolge sie schon zu verzeichnen hatten. Laura versuchte zunächst, einen Fuß in die Tür zu bekommen und sich an der Unterhaltung zu beteiligen, aber es gelang ihr nicht. Zweimal wollte sie etwas von sich selbst erzählen, aber sie wurde schon mitten im Satz von Kay-Karsten unterbrochen, der mit einem völlig anderen Thema weitermachte. Kay-Karsten war sicher im selben Alter wie sie, trug Klamotten im Segel-Stil: cognacfarbene Chinohose, weißes Poloshirt mit rot-blauer Aufschrift, elegante Slipper. Kurzum, definitiv nichts, was

Laura gefiel. Als sie einen genaueren Blick auf Kay-Karstens neuen Bekannten Rolf warf, wurde ihr sofort klar, warum sie von Anfang an bemerkt hatte, dass beide welterfahrener waren als sie und ihre Kindheit und Jugend mit Sicherheit nicht auf Rübenäckern und mit Diskussionen über Düngemittel und Ungeziefer verbracht hatten. Er trug schwarze Bermudashorts, ein elegantes weißes Hemd, seine Füße steckten in teuren Barfuß-Schuhen und über seiner Schulter hing sein Seesack, den zahlreiche Anhänger von früheren Flugreisen zierten. Laura wollte nicht allzu genau hinstarren. Die beiden sollten ja nicht meinen, sie interessiere sich übermäßig für sie. Nur drei Städtenamen konnte sie auf die Schnelle identifizieren: Paris, New York und Shanghai. In keiner der Metropolen war sie jemals gewesen. Sie war wieder die Einzige, die im Flugzeug keinen Gedanken daran verschwendet hatte, sich umzuziehen. Ihr war überhaupt nicht erst in den Sinn gekommen, leichtere Kleidungsstücke ins Handgepäck zu geben. Sie hatte schon im Flugzeug beobachtet, wie eine ganze Reihe Leute zwischen Frühstück und Landeanflug die Toiletten aufsuchten, um ihr Outfit zu wechseln. Ihr fehlte einfach die nötige Erfahrung. Nun stand sie da in ihrer dicken dunkelblauen Jeans, dem rosa Hoodie und den geschlossenen, knöchelhohen Chucks und ihr war schon jetzt innerhalb des klimatisierten Flughafengebäudes viel zu warm. In der Tat, ihr Chef hatte Recht: Sie würde hier viel lernen. Hinter der Glaswand zwischen Gepäckausgabe und Ankunftsterminal warteten bereits diverse Reiseleiter, Hotelpersonal und Taxifahrer, um die soeben Angekommenen in Empfang zu nehmen und in ihre Unterkünfte zu bringen. Erst jetzt fiel Laura auf, wie wenig Gedanken sie sich über ihre Unterbringung und den Weg dorthin gemacht hatte. Wahrscheinlich war sie von irgendeiner Kleinstadt ausgegangen, in der sie mit ihrem Rollkoffer zu Fuß auf Anhieb zu ihrem Domizil gelangen konnte. Fast so, wie sie es von zuhause gewohnt war. Sie war wirklich übelst naiv und enttäuscht von ihrer eigenen Unbedarftheit. Würde sie sich etwa ein Zuhause mit Kay-Karsten und Rolf teilen müssen? Na, das konnte ja heiter werden. Immerhin hätte sie dann ihre Ruhe, denn an einem Gespräch mit ihr waren die beiden Wichtigmacher ja nicht interessiert. Wie würde es denn jetzt weitergehen? Sie blickte um sich. Dort! Da war ein junger Vietnamese, der ein Schild hochhielt: „ConsuDirecto Hanoi" und drei deutsche Nachnamen. Ha! Und sie hatte ihn als erstes entdeckt. Einen Moment lang überlegte sie, ob sie den beiden Männern Bescheid geben sollte, aber dann entschied sie sich dagegen. Die beiden waren gerade in ein Gespräch darüber vertieft, dass man die „Teamplayer" nur mal ordentlich „challengen" müsse, damit sie in ihrer „performance" besser würden. Die würden früher oder später schon noch sehen, wo es lang ginge. Unbemerkt von den beiden steuerte Laura ungeheuer nervös auf den jungen Mann zu. Er sah sehr sympathisch aus. Etwas kleiner als sie, braungebrannte Haut, flotter Kurzhaarschnitt und eine Brille mit dickem schwarzem Rand. Er trug ein weißes T-Shirt mit dem Logo der Bank und reichte ihr sofort die Hand. In ausgezeichnetem Englisch stellte er sich als Chris vor, erzählte lachend, dass sein vietnamesischer Name allerdings ein anderer sei, aber dass Europäer ihn nicht aussprechen könnten und dass Chris viel leichter sei. Laura ergriff die Chance. Wenn sie jetzt verbindliches Interesse zeigte und aus sich herausging, hätte sie gegenüber den beiden anderen gewonnen. Dann hätte sie jetzt auch einen Gesprächspartner. Laura setzte ein charmantes Lächeln auf und sprang über ihren Schatten. Kommunikation in einer anderen Sprache war definitiv nicht ihre Stärke, aber sie musste punkten, bevor die beiden Angeber zu ihr stießen. Ob sie es denn probieren dürfe – sie lerne gern etwas über eine andere Sprache. Er lachte und sagte ein Wort, dass in ihren Ohren wie ein Gemisch aus „gehört" und „gechillt" klang und sie versuchte, es nachzusagen. Chris lachte laut auf – nein, nein. Noch einmal. Erneutes Gelächter. Na gut, sie würde bei dem Namen Chris bleiben. Er fragte nach dem Verlauf ihrer Reise, sie ihn, woher er so gut

Englisch könne. Als Kay-Karsten und Rolf hinzutraten, war sie schon sehr siegessicher. Sie hatte Chris für sich gewonnen. Chris stellte sich nun noch einmal vor, er sei in Hanoi für die Betreuung der Praktikanten von ConsuDirecto zuständig und würde sie nun zu ihren Unterkünften begleiten. Laura atmete auf. Die Mehrzahl bot die Chance, dass sie nicht beide Jung-Banker dauerhaft ertragen müsse. Sie bekämen dann etwas Zeit, um sich frisch zu machen und von der Reise zu erholen. Am Nachmittag könnten sie freiwillig an einer ersten Erkundung der Stadt teilnehmen, zu der er sie gegen 14 Uhr abholen würde und morgen früh käme er um 9 Uhr an ihre Unterkunft, um sie zur Bank zu bringen. Laura war erleichtert. Nun war ihre drängendste Frage beantwortet. Bestimmt war es sogar ganz gut, dass sie sich so unbedarft in dieses Abenteuer gestürzt hatte. Wenn sie genauer gewusst hätte, was sie hier erwarten würde, hätte sie vielleicht einen Rückzieher gemacht. Mit einer einladenden Geste forderte Chris alle drei auf, mitzukommen. Als sie die Glasfront des Flughafengebäudes verlassen hatten, empfing sie sehr feucht-warme Sommerluft. Ein schwarzer Van mit der Aufschrift der Bank wartete neben dem Fußweg entlang des Terminal-Gebäudes. Kay-Karsten steuerte selbstbewusst auf die Beifahrertür zu, was Chris mit einem Schmunzeln quittierte. Rasch öffnete Chris nun die hintere Tür des Vans, wo sich eine Vierersitzgruppe befand mit sich gegenüberstehenden Sitzreihen. Wie in einem Promi-Van, schoss es Laura durch den Kopf. In so einem Gefährt war sie noch nie unterwegs gewesen. Chris wies Rolf den Platz in Kay-Karstens Rücken zu und setzte sich neben Laura in Fahrtrichtung. Beide grinsten. Chris schien die beiden jungen Männer auf Anhieb auf gleiche Weise einzuschätzen, wie Laura es getan hatte. Dank der Sitzordnung war der ach so wichtige Austausch zwischen den beiden empfindlich gestört. Chris begann sogleich mit allerlei Erklärungen zur Geschichte Vietnams, zur Rolle Hanois und zu einigen Bauwerken, die sie passierten. Laura hörte interessiert zu und stellte etliche Fragen. Kay-Karsten war schon dadurch ausgebremst, dass er vorn auf dem Beifahrersitz nie sah, in welche Richtung Chris deutete und Rolf die Dinge immer einen Moment zu spät sah, als der Van sie bereits passiert hatte. Laura genoss das Gefühl, alles richtig gemacht zu haben.

7. Hässlicher Kitsch

Er hatte die erste Nacht im Freien überstanden. Kalt war ihm und er hatte es jetzt schon satt. Er war ein viel zu feines Geschöpf, um hier draußen auf der Straße neben einem alten Buch herumzusitzen. Bis jetzt hatte sich kein Mensch für die Dinge interessiert und er glaubte, den alten Mann etwas von „bald in die Mülltonne“ murmeln gehört zu haben. Dafür war er sich definitiv zu schade! Der neue Bewohner des Appartements war nun da. Es sah also tatsächlich so aus, als sei er endgültig rausgeworfen und vergessen worden. Wenn er nur ein bisschen verstanden hätte, warum! Wenn ihm die Füllwatte aus Löchern im Pelz gequollen wäre oder wenn er von Milben oder Motten befallen gewesen wäre, dann hätte er es ja nachvollziehen können. Dann wäre er wahrscheinlich selbst froh gewesen, wenn man seinem Dasein ein Ende bereitet hätte. Aber so? Er war sauber, frisch und roch ein kleines bisschen nach Lauras Parfüm. Es gab definitiv keinen Grund, ihn so zu behandeln. Der neue Bewohner kam gerade eben noch einmal vorbei. Mit einem Kopfschütteln begutachtete er den Inhalt der Kiste und ging dann die Treppen nach oben. Herr Honig hätte gern gewusst, welche Art von Kopfschütteln das wohl war. Eines im Sinne von: Wie kann man so schöne Dinge nur entsorgen? Oder eher eines, das heißen sollte: Wer soll sich denn für dieses Zeug interessieren? Herr Honig entschied sich für ersteres. Vielleicht würde es ihm in den nächsten Stunden ja gelingen, dem Neuling so tief und eindringlich in die Augen zu blicken, dass er ihn einfach mit nach oben nehmen musste. Herr Honig begann schon mal eindringliche Blicke zu üben. Das konnte ja nie schaden. Er war sehr in seine Übungen vertieft, als zwei halbwüchsige Jungen die Straße entlang gelaufen kamen. Sie unterhielten sich lautstark und wegen ihres sehr ungepflegten Wortschatzes qualifizierte Herr Honig sie sofort als Feinde. Mit solchen raubeinigen Typen wollte er nichts zu tun haben. Hätte er sich bewegen können,

wäre er ein Stückchen tiefer in die Wühlkiste gekrochen, aber das war
leider außerhalb seiner Möglichkeiten. Ihm blieb nur abzuwarten. Die
beiden Rabauken kamen der Kiste viel schneller näher, als es Herrn
Honig lieb war. Er hatte eine ganz ungute Vorahnung. Und schon hörte er, wie einer der beiden auflachte und laut ausrief: „Schau mal, wie
hässlich! So einen Kitsch habe ich ja schon lang nicht mehr gesehen!"
Herr Honig erschrak zutiefst. Das hatte ihm so noch nie jemand gesagt. Hässlich? Kitsch? Das saß. Nun meldete sich der andere zu Wort:
„Komm, den nehmen wir mit! Ob man dem die affige Weste wohl ausziehen kann?" Und schon war Herr Honig zwischen zwei reichlich un-
sauberen Händen gefangen. Er versuchte, den Jungen so intensiv wie
möglich anzustarren, aber da war nichts zu wollen. Der würde das nie
bemerken. Zu zweit rissen und zogen sie an seinem Frack und seiner
Fliege, die Nähte gaben etwas nach, aber immerhin hielten beide Elemente noch an seinem Leib. Schmerzen empfand Herr Honig keine,
aber eine tiefe Kränkung, eine unendliche Demütigung. Das hatte er
so einfach nicht verdient.

Die beiden Jungen begannen, sich im Weitergehen den Teddybären
zuzuwerfen und zuzukicken und begutachteten nach jedem Wurf, ob
dieser „Scheißteddy" und dieser „Dreckskitsch" schon ein bisschen
„kaputter" sei. Herrn Honig blieb nichts anderes übrig, als dieses perfi-
de Spiel stillschweigend und regungslos zu ertragen. Sein Pelz wurde
mit jedem Tritt schmutziger und einige Nähte hielten der Behandlung
nicht stand. Unter seiner rechten Vorderpfote kam schon ein bisschen
Füllwatte zum Vorschein. Herr Honig fühlte sich so furchtbar in seiner
Ehre gekränkt. Er war immer so stolz auf sein tadelloses Erscheinungsbild gewesen und darauf, dass man ihm sein Alter unmöglich ansehen
konnte. Wenn er doch nur irgendeine Handhabe gehabt hätte! Wenn
er schreien oder quietschen hätte können. Aber es gab rein gar nichts,
was er selbst tun konnte. Er hoffte, sie würden irgendwann aufhören
und ihn vielleicht sogar in die Kiste zurückbringen, aber da hatte er

sich gründlich vertan. Nach ein paar hundert Metern des Werfens, Kickens, Zerrens, Begutachtens und erneuten Gekickes wurde es den beiden Rabauken zunehmend langweilig. Der Größere der beiden rief: „Siehst du den Stromkasten da vorn, neben der Bushaltestelle? Komm, wir probieren, ihn dahinter zu kicken. Dort kann er dann in Ruhe verschimmeln, der Kitsch!“ Nach etlichen Fehlversuchen, während derer Herrn Honigs Frack einen tiefen Riss bekam und seine Fußsohlen in der Mitte aufplatzten, gaben sie auf. Der Kleinere der beiden Jungen packte ihn nahezu angewidert an einer Vorderpfote und warf ihn mit irgendeinem vulgären Ausruf hinter den besagten Kasten. Dann liefen die beiden laut lachend weiter. Mit seinem Köpfchen war Herr Honig

an der Kante des Kastens aufgeschlagen und eines seiner Glasaugen hatte wohl etwas abbekommen. Jedenfalls hatte sich sein Blick deutlich eingetrübt. Hier lag er nun auf dem Rücken, die kaputten Pfoten in einem unschönen Winkel von sich gestreckt. Um ihn war, soweit er es aus seinem sehr beschränkten Blickwinkel sehen konnte, fauliges Laub, allerlei Unrat aus Plastik und Papier und es roch unangenehm muffig und abgestanden.

Das war es wohl nun mit ihm. Wie hatten die beiden Rabauken gesagt? Hier könne er in Ruhe verschimmeln. Das war nun wohl sein Schicksal. Unendlich traurig und sehnsüchtig dachte er an das Regal in Lauras Wohnung zurück. Jetzt würde er sich über ein bisschen zu viel Staub ganz sicher nicht beklagen. Wie gern wäre er dort im Warmen gesessen und hätte einfach in Ruhe nachgedacht. Er konnte sich nicht erklären, weshalb ihm das widerfahren musste. Was hatte sich Laura nur dabei gedacht, sich so von ihm zu verabschieden? Er konnte nichts anderes tun, als nachzudenken und abzuwarten. Wie lange der Prozess dieser Verschimmelung wohl andauerte bis zu seinem Abschluss? Wahrscheinlich ewig...

8. Entdeckungen

Ein paar Tage waren nun schon seit ihrer Ankunft vergangen und Laura saugte noch immer gierig alle neuen Eindrücke in sich auf. War sie froh, sich auf dieses Abenteuer eingelassen zu haben! Sie musste sich unbedingt noch etwas einfallen lassen, was sie ihrem Chef mitbringen konnte. Es war sonst ganz sicher nicht ihre Art, sich bei Vorgesetzten lieb Kind zu machen, aber im Moment war sie ihm einfach nur dankbar dafür, dass er ihr diese Chance ermöglicht hatte. Wie aufregend alles war! Jeden Abend vor dem Einschlafen sortierte sie die Erlebnisse des Tages in Gedanken und sie war einfach nur überwältigt. Im Moment stand sie gerade am Fenster ihres Guest-House und blickte nach unten. Ihr Zimmerchen war mehr als bescheiden, aber das störte Laura nicht im Geringsten. Es war winzig und bot gerade mal Platz für ein pritschenähnliches Bett an der Wandseite neben der Tür, ein spärliches Tischlein immerhin mit einem Drehstuhl, eine kleine Kommode rechts unterhalb des Fensters und eine Mischung aus

Kleiderstange und Kleiderschrank, die Laura alles andere als praktisch fand, mit der sie sich jedoch leidlich arrangiert hatte. Zu dem Appartement gehörten noch zwei weitere Zimmer, die von einer Engländerin namens Beth und einer Vietnamesin namens Anh bewohnt wurden. Ahn arbeitete bei einem Reiseveranstalter, dessen Büro seinen Sitz ganz in der Nähe der ConsuDirecto-Niederlassung hatte, sodass Anh sie jeden Morgen auf ihrer Vespa mitnehmen konnte. Allein die Fahrt zur Bank war für Laura jedes Mal aufs Neue ein Abenteuer.

Der Verkehr übertraf alles, was Laura in ihrem Leben je gesehen hatte. Es war für sie unbegreiflich, wie Anh ihre senfgelbe Vespa so souverän durch dieses Treiben lenken konnte. Die Dichte an Mopeds, Mofas und Vespas war unglaublich und Laura sah ganze Familien auf einer einzigen Vespa, Glaser, die Fensterscheiben auf der Vespa transportierten, schwere Baugeräte, die von Vespas gezogen wurden, bepackte Fahrräder und Rikschas – sie hätte stundenlang dem Verkehr zusehen können. Alles war ständig im Fluss: wer stehenblieb, hatte irgendwie verloren. Es war unvorstellbar! Laura zückte unglaublich oft

ihr Handy, um das Verkehrsgetümmel abzulichten, aber die meisten Bilder gaben den Trubel nicht annähernd so gut wieder, wie sie es sich erhofft hatte.

Viele löschte sie gleich wieder. Anh sprach recht gut Englisch und versuchte immer, Laura alles Mögliche zu erklären, aber meist war Laura so sehr mit Schauen und Beobachten beschäftigt, dass sie kaum etwas verstand. Einmal war sie mit Anh in eine Bar auf einer Dachterrasse gegangen. Für Laura war es wie ein Ausflug in eine Märchenwelt: exotische Pflanzen als Deko auf und zwischen den Tischen, Beleuchtung mit Lampions, die fremde Sprache – Anh lachte ein paar Mal über Lauras staunende Blicke und ihre Versunkenheit in alles Neue. Kay-Carsten und Rolf sah Laura ab und an in der Bank, aber sie hatte nichts weiter mit ihnen zu tun. Sie grinste jedes Mal, wenn ihr die beiden begegneten. Zufällig hatte sie im Vorfeld einer Teamsitzung einmal mitbekommen, dass beide wohl recht unzufrieden mit

ihrer Unterkunft waren und sie für „mickrig" und „schäbig" hielten. Im Gegensatz zu ihr hatten beide wohl auch noch keinen Anschluss an Einheimische gefunden und verbrachten ihre Abende anscheinend stets zu zweit. Laura konnte sich die tiefschürfenden Gespräche der beiden Helden nur zu gut vorstellen. Nein, sie war mit sich und ihrer Erfahrung rundum zufrieden. Es war sehr warm in ihrem Zimmer. Laura legte sich dennoch auf ihr Bett und schloss die Augen. Es kamen ihr ein paar weitere Erlebnisse der letzten Tage in den Sinn. Chris hatte sie dazu überredet, sich das Wasserpuppen-Theater anzusehen. Es war in einem weißen Bau an einer Hauptstraße untergebracht und das Gebäude ließ deutlich die Anklänge an die französische Kolonialzeit erkennen. Laura fand es befremdlich, dass etwas sehr Vietnamesisches, sehr Traditionelles ausgerechnet in dieser Konstruktion seine Bleibe gefunden hatte, aber angesichts der zahlreichen sonderbaren Elemente, die sie hier kennenlernen durfte, hielt ihre Verwunderung nicht lange an. Sie konnte sich zunächst gar nichts darunter vorstellen, aber es hatte sich gelohnt. Die Schauspieler standen hüfthoch im Wasser und bewegten an langen Stangen kleine Holzpuppen, die Alltagsszenen darstellten: Das Austreiben der Wasserbüffel, kleine Enten, die von einer Wasserschlange attackiert werden oder ein Reisbauer, der sich mit unheilvollen Mächten einlässt. Besonders lustig fand sie die Szene, in der ein grüner Drache lautstark Feuer spuckte. Ein irgendwie aus der Zeit gefallenes Spektakel, das definitiv einen Besuch wert war. Die etwas unbequemen Holzklappsitze, das in die Jahre gekommene Interieur und die Live-Musik, die für europäische Ohren sehr gewöhnungsbedürftig klang, ließen sie ganz dem Hier und Jetzt entkommen und in eine fast schon magische Welt eintauchen. Chris erklärte ihr allerlei Details, aber Laura konnte sich nicht alles merken. Der Tourist mit den etwas schütteren hellblonden Haaren war ihr im Gedächtnis geblieben. Sie fand es sehr amüsant, dass er mit dem Schlaf kämpfte und sein Kopf in den Phasen des Sekundenschlafs immer wieder nach vorn fiel, während seine Frau Feuer und Flamme für das Dargebotene war und alles mit erstaunten Ausrufen quittierte. Laura fielen nun die Augen genauso zu wie diesem Touristen. Und kurz vor dem Einschlafen war da wieder mal ein Gedanke an Herrn Honig, der ihren Blick dieses Mal sehr traurig erwiderte, da eines seiner wunderschönen schwarzen Glasäuglein beschädigt war. Laura zuckte einen Moment zusammen. So ein Quatsch! Sie war definitiv zu müde! Sie konnte weder Herrn Honig sehen noch er sie. Es war nur ein alberner kleiner Plüschbär. Es gab hier nun wirklich Schöneres und Wichtigeres, an das sie denken konnte. Mit einer entschlossenen Bewegung drehte sie sich auf die andere Seite und war bald eingeschlafen. In ihrem unruhigen Traum vermischten sich Eindrücke aus dem Wasserpuppentheater mit ihrer Arbeit in der Bank – zum Glück spielte Herr Honig keine Rolle mehr.

9. Sven

Es war einer dieser Novembertage, die Sven das Leben nicht unbedingt leicht machten. Der Himmel war wolkenverhangen, es wehte ein scharfer kalter Wind, kurzum das Klischee eines Herbsttages. Normalerweise mochte er seine Arbeit. Seit 6 Uhr war er auf den Beinen. Den Müll und Unrat entlang der großen Hauptstraße hatte er schon aufgelesen, die Mülleimer entleert und mit neuen Beuteln bestückt. Gegen 9 Uhr hatte er seine übliche Pause eingelegt und bei Jenny im Bahnhofskiosk seinen Milchkaffee getrunken und ein Mandelhörnchen verspeist. Jenny hatte ihm wieder einmal allerhand Geschichtchen erzählt, denen er wie immer nur mit einem halben Ohr gelauscht hatte. Das genügte auch. Nach seiner Pause waren die Seitenstraßen an der Reihe. Vom Kindergarten an der Rückseite der Kirche vorbei bis zum Sportplatz. Wenn die Sonne schien, warf er manchmal einen Blick auf die spielenden Kinder, die sich auf den Spielgeräten vergnügten. Aber bei Regen waren die Rutsche, das wippende Zebra und der Sandkasten menschenleer. Manchmal hatte er Glück und seine Enkeltochter erblickte ihn. Dann kam sie mit ihren Freundinnen zum Zaun gelaufen und sie plauderten ein bisschen. Heute würde ihm sein kleiner Sonnenschein wohl nicht begegnen. Er streifte sich seine orangene Warnweste über, parkte den kleinen Lastwagen auf dem Bürgersteig und machte sich an die Arbeit. Wie so häufig in letzter Zeit hatte sich an einem der Müllkübel wieder ein Fuchs zu schaffen gemacht. Das schlaue – oder eben nicht ganz so schlaue – Tier hatte zum wiederholten Male versucht, die blaue Mülltüte nach unten aus der mit großen Löchern verzierten Tonne zu zerren. Nun hing der blaue Beutel teilweise nach außen, viele kleinere Abfallteile waren rund um die Tonne verstreut und im Regen aufgeweicht. Kein sehr ästhetischer Anblick, aber Sven war Schlimmeres gewöhnt. Ohne zu zögern, packte er die Greifzange und begann aufzuräumen. Meter für Meter arbeitete er sich die Straße entlang. Heute würde er sich mal wieder den unangenehmen Winkeln widmen. Dafür hatte er heute Zeit, da das Gespräch mit seinem Enkelkind angesichts des Wetters entfallen würde und der Smalltalk mit der etwas anstrengenden Frau Wicker ebenso, die bei Sonnenschein stets am Gartentor wartete. Zudem hatte er den Eindruck, dass der Nieselregen seine Arbeitskleidung stets etwas schmutziger erscheinen ließ, sodass es ihm weniger ausmachte, sich in schwerer zugängliche Regionen vorzuwagen. Soeben kroch er unter den Zweigen der großen Kiefer hervor. Er verstand nicht, warum, aber genau an diesem Ort warfen einige Leute regelmäßig Bierflaschen weg. Er hatte es sich zur Angewohnheit gemacht, sie in einem großen schwarzen Plastiksack zu sammeln. Einmal in der Woche löste er das Pfand ein. Es durfte ihn zwar niemand dabei erwischen, aber er fühlte sich im Recht. Wenn er schon den Schmutz anderer beseitigte, durfte ihm das auch ein kleines Zubrot einbringen. Wegen der paar Euro hatte er kein schlechtes Gewissen, auch wenn er bei den Flaschen laut offiziellem Arbeitsvertrag die Einnahmen hätte abrechnen müssen. Egal. Er verdächtigte dieselben Jugendlichen, die auch an der Bank fast direkt daneben ihre Zigarettenpackungen achtlos liegen ließen. Seltsame Typen. Er hoffte sehr, dass sich seine Enkeltochter nie mit solchen Geschöpfen abgeben würde. Im Moment war dies unvorstellbar. Miriam war so ein liebes kleines Engelchen. Sven warf einen Blick nach vorn. Dort, hinter dem grauen Stromkasten, würde er heute auch mal wieder nach dem Rechten sehen. Auch an dieser Stelle wurden häufig Bierflaschen entsorgt, die für ihn jedoch weniger interessant waren, da ihnen der harte Aufprall hinter dem Kasten meist nicht guttat. Er schob den Haselnusszweig, der ihm den Zugang etwas erschwerte, zur Seite und musterte dann den Zwischenraum zwischen dem alten Holzzaun und dem Kasten. Ein bisschen Papier, eine angerostete Getränkedose und - was war das denn? Er packte mit seiner Greifzange zu und hielt ein seltsames Etwas gefangen. Das Fundstück fest im Griff der beiden

Metallzähne zwängte er sich nach draußen auf den Bürgersteig, um es genauer zu untersuchen. Etwas so Seltsames war ihm schon lange nicht mehr untergekommen. Ein beiger Plüschbär, der wohl schon länger hier lag. Vielleicht war er früher mal hübsch gewesen. Jetzt war er einfach nur ein trauriger Anblick. Eines seiner eigenartig intensiven Glasaugen war fast blind geworden. Wer den wohl hier verloren hatte? Nachdenklich fuhr Sven ihm mit den Fingern durch den hellen Pelz. Das war kein billiges Spielzeug, das man achtlos entsorgte. Er verharrte einen langen Moment gedankenverloren auf dem Bürgersteig. Als sein Sohn noch ganz klein war, war ihnen im Urlaub dessen Lieblingskuscheltier verloren gegangen. Ein kleiner weißer Plüschhund mit einer riesigen schwarzen Schnauze. Er erinnerte sich noch ganz genau an die Tränen seines Sohnes. Und an die immer wiederkehrende Frage, wo Berti jetzt sei, ob Berti noch lebe, dass Papa Berti zurückholen

solle. Wie hilflos hatten sie sich damals gefühlt. Alle Versuche, den kleinen Jungen zu trösten, scheiterten kläglich. Es dauerte Tage, bis der Kleine wieder lächelte. Wie mag es wohl der Person gehen, die nun diesen Spielzeugbären genauso vermisste wie sein Sohn damals Berti? Ob jetzt irgendwo jemand Tränen vergoss, weil dieser kleine Kerl nicht mehr da war? Noch einmal glitten Svens Finger durch den Pelz. Nein, das war kein Kinderspielzeug. Definitiv nicht. Wahrscheinlich vermisste ihn gar niemand. Mit einem nachdenklichen Seufzer setzte er das Plüschtier auf die hellbraune Bank unweit des Stromkastens. „Mach's gut, Kleiner", sagte er dabei leise und kam sich im selben Moment unendlich kindisch vor. In eigenartig melancholischer Laune brachte er die Arbeit des heutigen Tages zu Ende.

10. Ausharren

Er wusste nicht mehr, wie viel Zeit vergangen war. Es kam ihm wie eine unendliche Kette widerlicher, kalter, düsterer Nächte vor, die er hier draußen auf dieser hässlichen Bank zugebracht hatte. Wie hatte er sich im ersten Moment darüber gefreut, dass man ihn gefunden hatte. Nun musste dieses scheußliche Dahinsiechen im modrigen Laub ja ein Ende finden. Die kräftigen Hände des Mannes, die ihm endlich mal wieder menschliche Wärme schenkten, ließen ihn tatsächlich einen Moment lang glauben, dass er nun ein neues Zuhause finden würde, dass er nun wieder ins Warme und Trockene dürfte. Wie groß war seine Enttäuschung, als ihn sein vermeintlicher Retter einfach hier auf dieser Bank parkte. Er blieb dabei: Er hatte das definitiv nicht verdient. Ihm war sein Erscheinungsbild unendlich peinlich. Wenn er gekonnt hätte, wäre er am liebsten wieder zurück hinter den großen grauen Kasten gekrochen. Aber das war weit außerhalb seiner Möglichkeiten. Er meinte, in den Gesten seines Finders etwas Zärtliches, Zugewandtes gespürt zu haben. Weshalb hatte er ihn nicht mitgenommen? Die Tatsache war bestimmt seinem abstoßenden Äußeren zu verdanken. Sein Pelz drohte filzig zu werden, seine Füllwatte fühlte sich an manchen Stellen hart und klumpig an. Der Stoff an seinen Pfoten hatte etliche Risse bekommen, der braune Schriftzug begann sich langsam aufzulösen, einzelne Fäden standen in alle Richtungen ab. In den Riss in seinem Rücken war Wasser eingedrungen und die Feuchtigkeit in seinem Inneren fühlte sich kalt und äußerst unangenehm an. Er war so schmutzig und eklig wie noch nie in seinem Leben. Wie gerne wäre er jetzt in Lauras Regal gesessen. Ein bisschen Staub hätte ihn überhaupt nicht mehr gestört. Er verstand einfach immer noch nicht, warum ihm das alles so passieren musste. Er hatte es so schön gehabt und es war ihm unbegreiflich, was in Laura gefahren war. Mittlerweile wäre ihm alles recht gewesen. Er wäre in jedes Kinderzimmer gezogen, in jede Rumpelkammer seinetwegen, Hauptsache, es hätte ihn jemand aus dieser feuchten Kälte geholt. Sein erblindetes Auge nervte ihn. Es schränkte sein Sichtfeld beträchtlich ein. Alle Bewegungen, die sich von rechts näherten, konnte er erst im letzten Moment wahrnehmen. Das tat seinen angespannten Nerven nicht gut. Verzweifelt suchte er nach Ideen, die etwas an seiner Situation ändern konnten, aber trotz allen Nachdenkens kam ihm absolut nichts Hilfreiches in den Sinn. Er schämte sich so. Für sein Aussehen, für seine Lage, für seine Hilflosigkeit. Man musste ihn ja für ein völlig wertloses Ding halten, so elend und hässlich, wie er jetzt aussah. Wenige Menschen waren ihm in letzter Zeit unter die Augen gekommen. Einmal hatte ihn eine vorbeilaufende Dame mit einem reichlich abschätzigen Blick bedacht, einmal hatten sich ein paar Jugendliche abfällig über ihn geäußert. Außer dem Mann, der ihn gefunden hatte, hatte ihn niemand mehr berührt. Eigentlich hatte er damit ja kein Problem, ganz im Gegenteil. Aber so

langsam begann ihm menschliche Wärme ernsthaft zu fehlen. Hätte man ihn noch vor Kurzem danach gefragt, hätte er sicherlich niemals gesagt, dass Streicheleinheiten eine wesentliche Rolle in seinem Leben spielen würden. Aber nun, in dieser trostlosen Einsamkeit, in seinem hässlichen Zustand, sehnte er sich nach Berührungen wie nie zuvor.

Dabei war ihm durchaus bewusst, wie paradox seine Einstellung war. Solange sein Pelz einladend weich und kuschelig gewesen war, solange er nach Lauras Parfüm und den Gerüchen ihrer Wohnung geduftet hatte, solange waren ihm zärtliche Berührungen ein Graus gewesen. Und jetzt, da er modrig roch und völlig verwahrlost wirkte, wäre er gerne sogar von klebrigen Händen geknuddelt worden. Wenn ihm nur eine zündende Idee gekommen wäre, die es ihm erlaubt hätte, sich aus seiner verzweifelten Lage zu befreien. Herr Honig ahnte noch nicht, dass sich schon in wenigen Minuten alles ändern würde. Ein heftiger Wind kam auf, eine Böe erwischte ihn und so landete er neben der Bank im schmutzigen, nassen Kies. Ja, in der Tat, es hatte sich etwas geändert – aber natürlich nicht auf die Weise, wie er es sich gewünscht hatte. Auf dem Bauch liegend musste er nun weiterhin ausharren und er erwischte sich dabei, wie er seinen intensiven Wunsch nach Veränderung innerlich verfluchte.

11. Weltwissen

Für Laura lief alles optimal. Sie genoss ihre Zeit in Hanoi in vollen Zügen. Im Moment saß sie mit Anh im achten Stock eines Hotel-Restaurants und blickte mit derselben Verwunderung auf das Verkehrsgetümmel rund um den Wasserturm wie am Tag ihrer Ankunft. Natürlich hatte sie sich mittlerweile an manches ein bisschen gewöhnt, aber das hektische Gewühl würde sie wohl bis zum Tag ihrer Abreise in helles Erstaunen versetzen. Anh schmunzelte und machte sich ein bisschen lustig über ihre deutsche Freundin, die so gerne an vielbefahrenen Plätzen saß, um ausführlich beobachten zu können, wie sich alle möglichen Gefährte ihren Weg durch das Stadtgeschehen bahnten. Sie waren in der Tat in den wenigen Wochen gute Freundinnen geworden und auch wenn sie manchmal sprachlich ein bisschen scheiterten und lange brauchten, bis wenig gesagt war, kamen sie von

Tag zu Tag besser miteinander zurecht. Laura hatte mit ihrer Bekanntschaft allen Ernstes großes Glück gehabt. Das war ihr auch bei einer Teambuilding-Maßnahme am letzten Wochenende klargeworden. ConsuDirecto hatte von Freitag bis Samstag einen Schiffsausflug für alle Praktikanten in die Halong-Bucht organisiert.

Zuerst graute Laura davor. Sie war niemand, der sich leicht in solche Gruppenaktivitäten einfügte. Aber sie wusste, dass sie hier nicht auskommen konnte. Hätte sie schon vor dem Aufbruch gewusst, wie großartig sich alles abspielen würde, hätte sie keinen Augenblick negative Gedanken gehegt. Am Freitag musste sie bereits mit gepackter Tasche zur Arbeit erscheinen. Nachmittags um 14 Uhr war der Aufbruch zur Halong-Bucht in einem kleinen Van. Zu ihrem Erstaunen waren zwar ein paar italienische Praktikanten zur Stelle, mit denen sie bisher kaum Kontakt hatte, von Kay-Karsten und Rolf fehlte jedoch jede Spur. Im Gespräch mit anderen erfuhr sie, dass beide gestern die Heimreise angetreten hätten. Sie seien mit der fremden Umgebung

nicht zurechtgekommen und hätten es vorgezogen, die Auslandserfahrung abzubrechen. Laura erfüllte diese Information mit großem Stolz auf sich selbst. Während die beiden angeblich so weltgewandten Männer gescheitert waren, kam sie hier gut oder sogar ausgezeichnet zurecht. Oh ja, sie würde als wesentlich selbstbewussterer Mensch an ihren alten Arbeitsplatz zurückkehren. Anh erkundigte sich mit einem Schmunzeln auf ihren hübschen Lippen nach dem Grund für das lange, nachdenkliche Schweigen.

Laura beschloss, einfach ein bisschen von der Teambuilding—Maßnahme zu erzählen. Am Freitag hatte Chris sie mit einem Kleinbus zum Ablegekai der kleinen Halong-Kreuzfahrtschiffe gebracht.

Nach einem Willkommenscocktail auf einer Art Hotelterrasse und ersten Spielen zum Kennenlernen brachte man sie mit einem kleinen Motorboot zu „ihrem" Schiff. Laura hatte schon nach zwei Minuten die Namen der anderen Teilnehmer wieder vergessen, aber im Gegensatz zu früher ging sie nun nicht mehr davon aus, die einzige mit diesem

Problem zu sein. Auf zwei Stockwerken verteilten sich die hübschen Schlafkabinen mit Nasszelle in Edelholzoptik, einem Gemeinschaftsraum bzw. Speisesaal und einem Schiffsdeck, auf dem sofort ein weiterer Cocktail gereicht wurde.

Laura musste sich dieses Wochenende eine Kabine mit Hedwig, einer etwas schüchternen Elsässerin teilen. Sie war sich sicher, dass sie mit der zurückhaltenden jungen Frau gut zurechtkommen würde. Nach einigen Erläuterungen zur Geographie und Geologie der Halong-Bucht stieß das gemütliche Schiffchen in See. Laura erzählte Anh, so gut sie es auf Englisch hinbekam, von den zauberhaften Landschaftseindrücken der bizarr aus dem Wasser aufragenden grünen Kegel. Im magischen Licht des Sonnenuntergangs war Laura völlig der Welt entrückt.

Auf dem Programm standen allerdings weit mehr Punkte als der Genuss von Cocktails und Landschaft. In gemischten Teams galt es eine Art Kochkurs zu absolvieren und hübsche Frühlingsrollen aus

hauchdünnem Reispapier zu formen, auf dem Schiffsdeck fanden Qi Gong und Tai Chi- Übungen statt, es standen Rollenspiele zum Thema „Verhandlungen mit schwierigen Kunden“ auf der Agenda und bei einem Fotoshooting durften alle in ungewöhnliche Kostüme schlüpfen. Laura hatte sich für eine Verkleidung mit einem schwarz-gold gemusterten Seidenanzug entschieden und war glücklich mit den von ihr entstandenen Aufnahmen. Sie war sehr stolz auf sich, da es ihr viel besser als erwartet gelang, einen Platz in der Gruppe zu finden und sie traute sich sogar, manchmal im Gespräch auf ihren Beiträgen zu beharren und andere zu bitten, ihr bis zum Schluss zuzuhören. Sie hatte seit ihrer Ankunft am Flughafen in der Tat schon große Fortschritte gemacht. Nun gut: Dass sie in ihrer Naivität auch ihren Badeanzug in ihrem Bordgepäck verstaut hatte, musste sie jetzt ja nicht an die große Glocke hängen. Dass das Schwimmen inmitten der zahlreichen Schiffe und des umhertreibenden Mülls kein erstrebenswertes Vergnügen war, hätte ihr natürlich von Anfang an einleuchten können. Anh

lauschte Lauras Erzählungen interessiert. Sie selbst hatte sich bisher einen solchen Ausflug noch nicht leisten können. Was Laura allerdings verschwieg, war ein verstörender Traum über Herrn Honig, der hilflos im Wasser trieb und immer wieder drohte, unterzugehen. Den behielt Laura lieber für sich.

12. Halbzeit

Ein paar Tage waren seither schon wieder vergangen. Lauras Praktikumsheft nahm mehr und mehr Gestalt an, nur noch wenige Seiten fehlten in der Bearbeitung und ihr wurde mit einem Mal bewusst, dass schon über die Hälfte der Zeit abgelaufen war. Manchmal kam es ihr vor, als wäre sie schon Ewigkeiten hier, so angekommen und zuhause fühlte sie sich. In anderen Momenten glaubte sie wiederum, ihre Ankunft sei kaum eine Woche her. Längst hatte sie es aufgegeben, alles hier verstehen zu wollen. Die Widersprüche waren einfach zu groß. Auf der einen Seite Konsum und Kauflust wie im Westen, riesige Werke für Fernseher und Smartphones, auf der anderen Seite bittere Armut und absolute Notdürftigkeit. Es war wohl vergebliche Mühe, diese Eindrücke unter einen Hut zu bekommen und mit einfachen Worten zu beschreiben.

Vor ein paar Tagen hatte sie eine E-Mail von Liv bekommen, die unbedingt wissen wollte, „wie Vietnam denn so sei“. Laura hatte versucht, auf die Mail zu antworten. Es gelang ihr nicht. Sie fand einfach nicht die richtigen Worte, um das, was sie hier sah und erlebte, auf angemessene Weise in ein paar Sätze zu packen. Schließlich schrieb sie ihrer Freundin genau das und schlug ein Treffen nach ihrer Rückkehr vor. Selbst dabei war sich Laura nicht sicher, ob es gelingen würde, etwas Aussagekräftiges zu erzählen. Es war einfach kein Vergleich zu allem, was Laura bisher gesehen hatte. Aber das war zugegebenermaßen auch noch nicht viel. Heute Abend stand eine Einkehr in einem Restaurant in der Innenstadt Hanois an.

Einige auserwählte Praktikanten würden sich mit einem Reiseführer treffen, der ihnen ein paar Informationen zur Küche Vietnams geben würde. Laura war neugierig. Sie war ja mit Anh schon öfter ausgegangen und sie war sich zum ersten Mal sicher, dass sie nicht als Einzige durch fehlende Kenntnisse auffallen würde. Sie wusste, dass

manche der anderen Praktikanten immer nur Etablissements der bekannten amerikanischen Ketten aufsuchten und sich bisher noch nie auf echtes vietnamesisches Essen eingelassen hatten. Selbst während des Ausflugs in die Halong-Bucht hatten manche Teilnehmer ihre mitgebrachten Müsli- und Schokoriegel verspeist, aus Angst sich auf das Fremde einzulassen. Laura hatte jedoch ihre Freude an Exotischem und ihre Neugier auf Unbekanntes entdeckt. Sie schlüpfte rasch in ihre leichte beige Leinenhose, die in der schwülen Hitze hier ihr Lieblingskleidungsstück geworden war. Dazu wählte sie eine helle, langärmlige Bluse und steckte sich ihre Sonnenbrille ins Haar. Sie war zufrieden mit ihrem Erscheinungsbild. Es stimmte – das Praktikum tat ihr und ihrem Selbstbewusstsein außerordentlich gut. Um 18 Uhr kam der Van von ConsuDirecto, um sie abzuholen. Vier andere Praktikanten waren dabei, darunter auch die schüchterne Hedwig, mit der sich Laura auf dem Schiff recht annehmbar arrangiert hatte. Am Restaurant angekommen, begeisterte Laura schon der Anblick von außen

und sie machte einige Fotos. Der Eingang des steingrauen Gebäudes war mit bunten Lampions in vielen verschiedenen Farben dekoriert. Während der Reiseleiter einiges zu den Seidenlampions und Hoi An als Hauptstadt dieser besonderen Beleuchtung erklärte, machte Laura etliche Fotos von den farbigen Lichtreflexen in der gläsernen Eingangstür. Das Englisch des Mannes war unsäglich und Laura verstand nur jedes fünfte Wort, weshalb sie einfach beschloss wegzuhören und die optischen Eindrücke zu genießen. Im Inneren des Speisesaals ließ Lauras Begeisterung keine Sekunde nach.

Es war eine auf eigenwillige Weise gelungene Mischung aus alt und modern. Viel war in Grau gehalten, an einigen Stellen waren nostalgische Fotografien in dunkelbraunen Rahmen ausgestellt und eine Wand war als vertical garden gestaltet, an welchem Orchideen, eine Art Grünlinie und Farne in Kästen oder in Pflanzgefäßen aus Kokosfasern wuchsen und einen saftig-grünen Teppich bildeten. Laura fotografierte die Inneneinrichtung aus den verschiedensten Blickwinkeln. Sie konnte sich vorstellen, mit den entstandenen Bildern eine Fotowand in ihrem Zuhause zu gestalten. Die würde sie dann länger an ihren traumhaften Aufenthalt hier erinnern. Der Reiseleiter schien seine Aufgabe nun als erledigt zu betrachten und nachdem er noch ein paar Sätze über „rice“ und „fruit“ gestammelt hatte, die wohl keiner aus der Gruppe verstanden hatte, zog er sich in einen Nebenraum des Restaurants zurück, aus dem bald eine lebhafte Unterhaltung auf Vietnamesisch zu hören war. Die Enttäuschung über sein Verschwinden hielt sich bei allen in Grenzen.

Der Tisch war stilvoll eingedeckt: hübsches Geschirr, Tischsets aus grobem Leinen, dezente dunkelgrüne Pflanzendeko und eine Speisekarte auf Vietnamesisch und Englisch in Form einer Schriftrolle, die mit einem braunen Sisalband verschlossen war. Wie auf ein geheimes Zeichen hin öffneten die fünf Praktikanten die Rolle und ihr Inhalt stellte sie vor ein Rätsel: Woher sollten sie nun wissen, was zu nehmen war und welche Beilage wozu passte? Ratlos mutmaßten sie – aber es stellte sich rasch heraus, dass es gar nichts zu wählen und auszusuchen gab. Lachend und in recht passablem Englisch erläuterte ihnen der Kellner, dass dies das Menü des heutigen Abends sei. Ein klassisches vietnamesisches Menü, das ConsuDirecto so für sie zusammengestellt habe. Laura blieb vor Erstaunen beinahe der Mund offenstehen. Noch nie in ihrem Leben hatte sie ein Menü aus elf Gängen zu sich genommen. Hedwig lächelte zurückhaltend und erzählte von den üppigen Essgewohnheiten in Frankreich, Tino erzählte von seiner italienischen Verwandtschaft – das Eis war gebrochen und es konnte ein schöner, entspannter Abend werden. Laura spürte, dass sie ununterbrochen lächelte. Sie fühlte sich wohl. Sie war reifer und souveräner geworden und dadurch zufriedener mit sich selbst. Das Menü war ein Genuss für Gaumen und Augen. Laura fotografierte wie ein Weltmeister und erzählte sogar von sich aus, was sie mit den Bildern vorhatte. Hedwig war begeistert von Lauras Idee, die Männer ließ ihr Plan eher kalt. Auf eine zartcremige Suppe folgten geröstete Nudeln, dann ein Reisgericht mit Garnelen, dann eine Mischung aus Gemüse und Rindfleisch in Soße, Rollen aus hauchzartem Reispapier mit Fischfüllung – Laura genoss alles in vollen Zügen. Nur die etwas seltsam gewürzten Hühnchenflügel und das Eis als eines der Desserts ließ sie beiseite. Ob sie zuhause wohl jemals wieder Lust bekäme, sich eine Kartonpackung Nudeln beim Chinesen zu holen und vor ihrer Lieblingsserie zu verspeisen? Wohl kaum. Hier war die asiatische Küche schon etwas anderes. Zum Schluss bekamen sie alle noch einen Schluck Reiswein gereicht, der leider auch nicht nach Lauras Geschmack war. Egal. Es zwang sie ja niemand, alles, was ihr hier begegnete, mit Begeisterung zu quittieren. Es durfte durchaus Elemente geben, mit denen sie nichts oder nur wenig anfangen konnte. Als sie nach der Rückkehr todmüde und richtig satt ins Bett fiel, verschonten ihre Träume sie von Herrn Honig, was sie am nächsten Morgen beruhigt zur Kenntnis nahm.

13. Ruby und Frau Samyczek

Für Frau Samyczek war es mittlerweile schon ein festes Ritual geworden, seit sie vor ein paar Wochen Ruby aus dem Tierheim geholt hatte. Schon lange sehnte sie sich nach Gesellschaft. Die Einsamkeit war einfach zu erdrückend geworden. Nach so vielen Jahren hatte sie die Hoffnung aufgegeben, im Dorf Anschluss zu finden. Sie war einfach die Exotin, die nicht ins übliche Schema passte. Wenn sie wenigstens verheiratet gewesen wäre – aber so. Kein Mann, keine Kinder, keine Wurzeln im Dorf – da war es einfach unmöglich, dazuzugehören. Man kann es sich eben nicht immer aussuchen. Während sie sich ihren violetten Schal um den Hals legte, die passenden Handschuhe hervorholte und Rubys Hundetüten in ihre Handtasche steckte, dachte sie an früher zurück. Niemand im Dorf wusste, dass sie aus einer wohlhabenden polnischen Familie stammte und eigentlich dazu bestimmt war, das Familienvermögen durch eine strategisch gut gewählte Hochzeit erheblich zu vergrößern. Eigentlich. Als sie bei einem der anstrengenden Sonntagnachmittage im Kreise der biederen Großfamilie ihren Auserwählten zum ersten Mal sah, stand für sie fest, dass sie dem Wunsch ihrer Eltern unmöglich nachkommen konnte. Gerade mal 17 Jahre war sie damals alt, interessierte sich für Kunst und Literatur, aber ganz bestimmt nicht für die Herstellung von Gusseisen. Ihr zukünftiger Mann war eben Inhaber genau einer solchen Fabrik, ging auf die Vierzig zu und neigte, wie überdeutlich erkennbar war, zu Übergewicht. Bis heute erinnerte sie sich an den großen Schreck, als sie begriff, was ihre Eltern von ihr verlangten. In einem von ihren Eltern und ihren Schwiegereltern gelenkten Gespräch ging es schon nach den ersten Sätzen nicht mehr um ihr persönliches Glück oder gar ihren Willen, sondern es wurden sofort Geschäftsdaten ausgetauscht, die Zins- und Renditeentwicklungen für die nächsten Jahre berechnet und es wurde völlig über sie hinweg entschieden, dass die Hochzeit unverzüglich nach ihrem 18. Geburtstag stattzufinden habe. Was hatte sie in dieser Nacht geweint, wie verzweifelt war sie. Wie konnte man ihr das nur antun? Womit hatte sie das verdient? Ihre Eltern ließen nicht einmal im Ansatz eine Diskussion über das Thema aufkommen. Sie wurde behandelt wie betriebliche Verfügungsmasse, die es zu verwalten galt. Über Wochen hinweg weinte sie in jeder freien Minute, verweigerte häufig zu essen und zu trinken und war, als die Hochzeit anstand, nur noch ein Schatten ihrer selbst. In einer Nacht, in der sie vor Verzweiflung weinte, bis ihr ganzer Körper sich vor Schmerzen verkrampfte, fasste sie einen bitteren Entschluss, den sie als ihren einzigen Ausweg ansah. Sie rang sich dazu durch, aus ihrer hoffnungslosen Situation eine Art Schmierenkomödie zu machen. Ja, sie würde sich fügen und besagten Mann heiraten. Aber sie würde darauf drängen, dass in den Ehevertrag eine Klausel aufgenommen werde, die ihr nach Ablauf eines „glücklichen" Ehejahres einen beträchtlichen Teil des Vermögens zusprechen würde. Offiziell um das „hoffentlich" dann schon geborene Kind unter besten Bedingungen und ohne Abhängigkeit von aktuellen Wirtschaftszahlen großziehen zu können. Ihr Plan musste funktionieren. Letzten Endes tat er es auch. Ruby fiepte und machte Männchen. Ein sicheres Zeichen, dass er eine Runde drehen wollte. Sie war dankbar, dass der Hund sie für einen Moment von ihren Erinnerungen ablenkte, aber sie wollte die Gedanken weiterspinnen. Ja, die Hochzeit fand statt, die Klausel im Ehevertrag fand Platz und nach ein paar Monaten behauptete sie, schwanger zu sein. Mit ihrem Mann hatte sie mit offenen Karten gespielt und die Blöße würde er sich nicht geben, öffentlich die Unmöglichkeit einer Schwangerschaft einzugestehen. Sie gab vor, kränklich und schwach zu sein und Erholung an der Ostsee zu benötigen. Das Geld musste ja laut Klausel bald auf ihrem Konto eingehen. Aus besagtem Urlaub kehrte sie nie wieder zurück. Das kleine Dorf, in dem sie nun lebte, schien ihr ideal, um unterzutauchen. Ja, sie hatte sich alles etwas leicht vorgestellt mit ihren knapp neunzehn Jahren. Sie war davon ausgegangen, dass sie ihren Platz finden würde. Darin hatte sie sich bitter getäuscht. Sie konnte von ihrem Vermögen recht gut leben, vermietete stets ein oder zwei Zimmer in ihrem Häuschen an Durchreisende und arrangierte sich mit ihrer Einsamkeit. Niemand machte sich je die Mühe, ihr nachzustellen oder Nachforschungen anzustellen. Irgendwann ließ sie ihre Familie wissen, sie habe das nie existente Kind verloren, käme mit der Trauer nicht zurecht und brauche Zeit für sich. Eine lapidare Antwort ihrer Eltern erreichte sie wenige Tage später. Ihr Mann und ihre Schwiegereltern ließen sie wissen, dass es um die Geschäfte gut bestellt sei und sie sich ruhig Zeit für ihre Genesung nehmen solle. Danach brach der Kontakt ab.

14. Elend

Er hatte längst jedes Zeitgefühl verloren. Das Einschätzen von Tagen, Stunden und Minuten war ihm schon schwergefallen, als er noch behütet und im Warmen in Lauras Regal saß. Es schien ihm nun fast wie ein Traum. Nie wieder würde er sich auch nur eine Sekunde lang über Staub aufregen. Aber er glaubte sowieso, dass er sich bald über gar nichts mehr Gedanken machen musste. Er würde sich hier einfach langsam in Nichts auflösen. Die Risse in seinen Pfoten waren merklich größer geworden, sein Inneres fühlte sich immer feuchter und kühler an und er hatte den Eindruck, nur noch ein schmutziger Klumpen zu sein. Nie wieder würde ihm irgendjemand in einem warmen Zuhause einen Platz einräumen. Es schien sich zu bewahrheiten, was die Rabauken ihm prophezeit hatten. Er würde hier verschimmeln müssen. Wenn er nur irgendetwas hätte tun können. Sich bewegen, sich rühren, von der Stelle kommen – aber er war zur Untätigkeit verdammt. Er erinnerte sich an Lauras warme Hände und an ihr Parfüm. Eine schöne Zeit hatte er bei ihr verbracht, eine wirklich schöne Zeit. Was hatte er nur falsch gemacht? Warum hatte er eines Tages in dieser Kiste vor der Haustüre landen müssen? War er denn wirklich so überflüssig? Aus Langeweile begann er an die Zeit vor Laura zurückzudenken. Er war kurz bei einer alten Dame gewesen. Nun gut, alt ist vielleicht relativ. Deutlich älter als Laura jedenfalls. Bei ihr roch es gut nach Lavendel und nach einem seifig duftenden Waschmittel. Er hatte zunächst im Wohnzimmer auf einem etwas altbackenen Sofa seinen Platz gefunden. Mit Bitterkeit dachte er daran zurück, dass es ihn damals sehr gestört hatte, dass die rosa Blüten auf dem Sofa einen unguten Kontrast zu seiner Fellfarbe bildeten. Wie arrogant und oberflächlich kam ihm das jetzt vor. Wie gerne hätte er auf einer wie auch immer gearteten Couch Platz genommen. Später setzte man ihn dann auf ein Glasregal. Wie unangenehm sich der kalte Untergrund angefühlt hatte – auch das erschien ihm mittlerweile so albern. Jedes Glasregal wäre ihm lieber gewesen als der schmutzig matschige Boden, auf dem er jetzt lag. In der Nacht hatte er die Tasthaare eines Tieres in seinem Gesicht gespürt und zwei runde braune Knopfäuglein hatten ihn eine Zeitlang gemustert. Er wollte lieber gar nicht so intensiv darüber nachdenken, was das wohl gewesen war. Wenn er es sich schönreden wollte, konnte er sich ja vorstellen, es sei eine saubere, gepflegte Hauskatze gewesen – wobei die Augen leider gar keine Ähnlichkeit mit Katzenaugen gehabt hatten. Vielleicht eine harmlose kleine Feldmaus? Noch vor kurzer Zeit hätte ihm der Gedanke an Mäuse einen kalten Schauer über den Rücken gejagt. Jetzt wusste er sich in der Gesellschaft von Ratten. Wie weit war er nur gesunken! Er fühlte sich so elend. War es vielleicht die gerechte Strafe für seine Arroganz? Musste er einfach lernen, dass er zu kritisch war? Dass ihm zu schnell etwas gegen den Strich ging? Er wusste es nicht. Ihm fiel ein Moment vor kurzer Zeit ein, der ihn zutiefst verletzt hatte. Wie wichtig war ihm

sein äußeres Erscheinungsbild immer gewesen und nun musste er vor wenigen Tagen eine solche Demütigung erleben. Eine Mutter war mit zwei Kindern einen Moment lang an der Bank stehengeblieben. Offenbar suchte sie etwas für das Kleinere der beiden in ihrer Handtasche, was das Größere dazu veranlasste, ein paar Runden um die Bank zu drehen. Noch nie in seinem Leben hatte er sich so gewünscht von klebrigen kleinen Kinderhänden gepackt zu werden. Aber nein! Der Kleine rief nur aufgeregt seiner Mama zu: „Schau mal! Da hat jemand einen hässlichen Teddy vergessen!"

Die Mutter näherte sich und Herr Honig wagte noch einen Moment lang zu hoffen, dass man ihn erlösen würde. Aber was sagte die Frau nur? „Lass den liegen und fass ihn nicht an! Der ist alt und schmutzig und bestimmt voller Ungeziefer. Den brauchen wir nicht!". Er und diese Art der Beschreibung – noch vor kurzer Zeit wäre das undenkbar für ihn gewesen. Aber jetzt? Er musste der Frau Recht geben. Hätte er sich doch nur äußern können, hätte er doch nur etwas sagen können. Nein, er musste abwarten. Abwarten, bis der Prozess der allmählichen Auflösung in Nichts abgeschlossen war. Einfach nur abwarten. Etwas anderes blieb ihm nicht übrig. Er musste es aushalten.

15. Kulturerlebnis

Es war ein warmer Samstagvormittag. Laura konnte sich gar nicht vorstellen, dass Zuhause jetzt Weihnachtsmärkte eröffneten und sich die Menschen frierend mit Handschuhen, Schal und Mütze um Glühweinstände scharten. Sie genoss die Wärme und die Sonne. Heute wollte Chris ihr etwas Besonderes zeigen. Sie wusste nicht, ob er andere Praktikanten gefragt hatte, oder ob er einfach ahnte, dass sie überdurchschnittlich an fremden Bräuchen und Traditionen interessiert war. Es war ihr eigentlich auch egal. Sie fühlte sich in seiner Gesellschaft wohl. Er war lustig, aufgeweckt und in keiner Weise aufdringlich. Sie mochte es, wenn er ihr für Vietnam typische Dinge zeigte. Gegen 10 Uhr kam er sie mit dem Van abholen, den Laura in Gedanken schon manchmal als ihr Auto bezeichnete. Noch hatte er Laura nicht verraten, was sie erwarten würde und er steuerte lachend und wie immer unter allerlei Erklärungen durch den turbulenten Stadtverkehr.

Sie hatte sich schon etwas besser daran gewöhnt und es versetzte sie nicht mehr jedes skurrile Gefährt in Erstaunen.

Nach etwa einer halben Stunde Fahrtzeit parkte Chris den Van am Straßenrand. Laura war sich nicht ganz sicher, ob das Plätzchen zum Parken gedacht war, aber das musste ja nicht ihre Sorge sein. Sie blickte um sich. Im ersten Moment entdeckte sie nichts wirklich Besichtigenswertes: ein paar hohe Mauern, eine Art provisorischer Markt auf einem Platz vor etwa dreistöckigen Häusern, eine Häuserzeile mit den üblichen Cafés und Geschäften. Chris nahm ihren ratlosen Blick wahr und lächelte sie an. Er forderte sie auf, mitzukommen. Hinter einem Tor in der graubraunen Mauer befand sich eine chinesische Pagode.

Fasziniert betrachtete Laura nicht nur die wunderschönen Holzschnitzereien entlang des Dachgiebels, sondern auch die zahlreichen Räucherspiralen, die von der Decke hingen, samt der Fähnchen, die in deren Mitte baumelten, sowie die aufgeregte Stimmung innerhalb der Pagode. Zahlreiche Besucher drängten sich in dem Vorhof und auf-

geregt wurde gerufen und gestikuliert. Laura hatte das Gefühl, überall im Weg zu stehen. Ihr fiel auf, dass nur ganz wenige Touristen den Weg hierher gefunden hatten. Sie erblickte nur fünf, sechs Europäer, die anscheinend auch alle mit einem Reiseleiter hier waren. Das schien also wirklich eine Veranstaltung für Insider zu sein. Sie wusste gar nicht, worauf sie ihre Aufmerksamkeit zuerst richten sollte. Nun drangen finstere Trommelklänge an ihr Ohr, deren Ursprung ihr noch unbekannt war. Chris nahm sie mit an eine Stelle am Übergang zwischen Außen- und Innengelände der Pagode und erklärte ihr, dass sie von hieraus den besten Blick auf das gesamte Geschehen haben würde. Er erläuterte ihr, dass sie nun Zeuge eines Tanzes der Einhörner werden würde, einer Zeremonie, die sehr selten sei und im Süden Vietnams populärer als hier in Hanoi. Er habe von einem Bekannten davon gehört und deshalb beschlossen, sie hierher mitzunehmen. Seine Erläuterungen gingen sehr ins Detail, aber Laura konnte nicht alles aufnehmen. Sie war viel zu sehr mit Zuschauen beschäftigt. Unter Trommelwirbel

wurden vier eigenwillige Kostüme mit großen Köpfen auf dem Boden ausgebreitet. Alle Bewegungen schienen einem bestimmten Ritual zu folgen und wirkten sehr koordiniert. Unbedarft fragte Laura, ob das Drachen seien. Etwas anderes kam ihr bei den unförmigen rosaroten und orangenen Geschöpfen nicht in den Sinn, deren Maul sehr viele Zähne hatte. Chris lachte auf. Nein, nein, das seien die Einhörner.

Er erläuterte ihr den Aufbau und die Funktionsweise der aufwändigen Kostüme mit ihren beweglichen Augenlidern, den Kiefern und dem Schwanz. Unter seinen Erklärungen beobachtete Laura, wie die Augen mit einem Tuch zuerst poliert und dann verbunden wurden, bevor die Tänzer jeweils zu viert oder fünft, genau konnte Laura es nicht erkennen, in den Einhörnern verschwanden. Laura entfuhr ein Laut der Bewunderung. Nun standen die seltsamen Wesen, bewegten ihre Köpfe und Gliedmaßen und unter rhythmischen Trommelschlägen bewegten sie sich nach draußen. Die Stoffkostüme waren zum Leben erwacht. Wie Herr Honig für sie als Kind, wenn er sie mit seinen wunderbaren Augen anblickte. Laura wischte den Gedanken hastig beiseite. Der alberne Plüschbär hatte inmitten dieses exotischen Treibens absolut gar nichts verloren. Chris beeilte sich, Laura noch schnell ein paar Informationen zu übermitteln, bevor sich der Lärm der Trommeln und die Rufe der Zuschauer noch weiter intensivieren konnten. Das Einhorn sei ein Symbol des Glücks und des finanziellen Reichtums und seine beschwörenden Tänze könnten manches Seelenleid lindern. Den Einhörnern wurden nun ihre Augenbinden abgenommen, was sie mit freudigem Blinzeln quittierten, worauf sie mit Futter belohnt wurden. Laura war erstaunt darüber, wie toll die Tänzer ihre Bewegungen aufeinander abstimmten, um den Zauberwesen tatsächlich eine animalische Fresshaltung zu verleihen. Die Einhörner vollführten jetzt auf dem Vorplatz der Pagode Kunststücke: Sie richteten sich auf, sie sprangen einander auf den Rücken – Laura war hin und weg. So etwas hatte sie noch nie gesehen. Viel zu schnell fand das Spektakel in ihren Augen ein Ende. Chris erklärte ihr, dass alle Nichtmitglieder der Gemeinde nun gehen müssten. Das Entkleiden der Einhorn-Tänzer und die Segnung und das Verstauen der Kostüme seien nicht für die Augen der Zuschauer bestimmt. Jenseits der Mauer unterhielt sich Laura noch eine ganze Weile mit Chris über die Pagode, die Bedeutung des Räucherwerks und die Rituale bei der „Erweckung" der Einhörner, wie Chris das Verkleiden der Männer nannte. Als er sie zurück zu ihrer Unterkunft brachte, war es bereits spät am Nachmittag. Wieder hatte Laura viel erlebt und gelernt. Nein, sie bereute diese Entscheidung für dieses Praktikum nicht. Wenn sie nur endlich verstanden hätte, weshalb sie so oft in unmöglichen Momenten an Herrn Honig denken musste.

16. Spaziergang

Mittlerweile hatte Frau Samyczek den unbequemen Bussitz verlassen und war mit Ruby in der kleinen Nachbarstadt angelangt. Ruby konnte es kaum erwarten, auf der Wiese wie üblich durch den feuchten, braunen Dezemberrasen zu tollen. Der mittelgroße, weißbraune Mischlingshund zog kräftig an der Leine, hechelte und japste und konnte es gar nicht erwarten, endlich frei laufen zu dürfen, ein Vergnügen, das Frau Samyczek dem drolligen Geschöpf wahrscheinlich etwas zu selten gönnte. In ihrem Dorf ließ sie ihn nie von der Leine. Sie wollte keinen Ärger mit ihren Nachbarn, die keine Hunde auf ihren Rüben- und Kartoffeläckern haben wollten. Sie verstand es ja auch. Nicht zuletzt aus diesem Grund hatte sie mit den Spaziergängen in der Nachbarstadt begonnen. Im städtischen Milieu war manches leichter, man kannte sie nicht und sie hatte weniger Bedenken, anzuecken. Ruby machte ihr so viel Freude. Sie würde diesen Tag nie vergessen, als sie sich nach langem Zögern für die Anschaffung des Tieres entschieden hatte. Bei ihrem Rundgang durch das Tierheim waren ihr zunächst nur Wesen aufgefallen, die sie auf keinen Fall ihr Eigen nennen wollte. Hässliche, kranke Köter, viel zu alte und große Hunde, aggressive Kläffer, die laut bellend und mit fletschenden Zähnen an den Gittertüren hochsprangen. Sie hatte die Hoffnung schon fast aufgegeben, etwas Passendes für sich zu finden, als ihr eine Angestellte des Tierheims Ruby zeigte. Einen Mischling mit weiß-braunem Fell, einer nahezu weißen, langen Schnauze mit einer knuffigen schwarzen Nase, dem Fell eines Collies und den Ohren eines Labradors – ein Anblick, der einem unweigerlich ein Lächeln auf die Lippen zauberte. Der Rüde hatte sich im Tierheim rasch den Ruf eines Eigenbrödlers erarbeitet und das gefiel Frau Samyczek. Sie war sich sicher, dass dieser temperamentvolle Kerl perfekt zu ihr passen würde. Vom ersten Tag an stimmte die Chemie zwischen ihnen. Ruby gehorchte von Anfang an gut, er akzeptierte bestimmte Grenzen und – nun gut, dass er es geschafft hatte, sich nachts ein Plätzchen in ihrem Bett zu erobern, musste ja nun wirklich niemand erfahren. Ruby zerrte heute besonders kräftig an der Leine. Offenbar gab es auf der Wiese, einem kleinen brachen Grundstück zwischen der Kirche und dem Kindergarten, heute etwas besonders Interessantes zu entdecken. Sie würde ihn gleich ein bisschen von der Leine lassen. Sie wusste ja, dass er zuverlässig zu ihr zurückkehren würde. Sie nahm auf der Bank an der Bushaltestelle Platz. Der Schnürsenkel ihres rechten Schuhs hatte sich etwas gelockert. Nun gut. Erst würde sie jetzt dem Hund ein bisschen Freilauf gönnen, dann würde sie sich darum kümmern. Ruby musste wie immer ein paar Übungen absolvieren, bevor er ohne Leine losdurfte: Platz, Sitz, Kreisel, toter Hund- alles klappte wie am Schnürchen. Er hatte sich seine paar Minuten Freigang verdient. Frau Samyczek erhob sich, lief mit dem kleinen Kerl ein paar Meter von der Bushaltestelle weg und ließ ihn dann ohne Leine lossausen. Es war eine Freude, ihm beim Tollen zuzusehen. Sie kehrte für einen Augenblick in die Bushaltestelle zurück. Die Bank erleichterte ihr das Schnüren des Schuhs. Nun würde sie in aller Ruhe zu der Parkbank am gegenüberliegenden Ende der Wiese schlendern. Sie mochte diese Stelle nicht besonders. Ein Elektrokasten, ein Papierkorb, der stets brechend voll war, und die hässliche Bank, deren Wasserlack schon überall absplitterte. Aber Ruby genoss das gefahrlose Tollen auf diesem kleinen Grundstück und das war es ihr wert. Danach würden sie ein paar Schritte Richtung Innenstadt laufen. Die Blicke in die Schaufensterauslagen und die Lektüre des Kinoprogramms in der kleinen altmodischen Anschlagtafel des nostalgischen Kinos waren ja schließlich Aktivitäten, die ihrem Geschmack entsprachen. Da würde Ruby sich dann ein bisschen gedulden müssen. Wie in jeder Beziehung war es eben ein Geben und Nehmen. Während sie in der Kühle des reichlich grauen Nachmittags den Gehweg entlang schlenderte, kam ihr auf einmal Laura in den Sinn. Wie es dem früheren Nachbarskind wohl ging? Sie wusste, dass Laura nun hier in der Stadt wohnte, sogar ihre Adresse kannte sie. Aber es hatte sich noch nie ergeben, dass sie die junge Frau einmal besucht hätte. Sie war nur froh, dass dem Kind der Absprung gelungen war. Es wäre jammerschade gewesen, wenn das Mädchen im Dorf versauert wäre. Laura war nun wirklich zu anderem geboren. Wie gerne hätte sie selbst so ein patentes, hübsches Mädchen zur Tochter gehabt. Schade. Ihr Lebensweg war ein anderer. Sie hatte nun fast schon die gegenüberliegende Seite der Wiese erreicht. Ruby tollte durch das matschig-braune Grün und hatte offenbar irgendein Spielzeug gefunden. Jedenfalls trug er etwas in seinem Maul mit sich herum und wedelte freudig. Immer wieder ließ er den Gegenstand fallen, rannte eine hektische Runde im Kreis, um ihn dann wieder aufzunehmen. Sie würde in Kürze nachsehen, worum es sich handelte und ob sie den Gegenstand dem Hund abnehmen musste. Gefährlich wirkte das hellbraune Ding nicht. Sie rief Ruby laut zu sich und er machte sich hastig auf den Weg zu seinem Frauchen. Frau Samyczek lachte laut auf, als sie das temperamentvolle Tier auf sich zu rennen sah. Wie gut war es, diesen treuen Begleiter gefunden zu haben.

17. Verzweiflung

Das konnte doch nicht wahr sein! Was um alles in der Welt müsste ihm denn noch passieren? Ja, natürlich, er sollte froh und dankbar sein, dass überhaupt irgendetwas geschah, aber das war definitiv kein Erlebnis nach seinem Geschmack. Wer oder was war er denn bitte schön? Ein vormals so edles und vornehmes Tier musste sich tatsächlich so eine Art des Umgangs gefallen lassen. Das war wirklich unter seiner Würde. Und wieder plumpste er unsanft auf den matschigen Boden. Er kannte das Prozedere mittlerweile. Er würde jetzt einen kurzen Moment seine Ruhe haben und würde sich von dem Geruch des Hundeatems erholen können und dann würde er erneut zwischen den spitzigen Zähnen stecken und auf einer feuchten und reichlich ekligen Hundezunge kleben und weiter herumgeschleift werden.

Noch nie war er so froh gewesen wie in diesem Moment, dass er keinerlei Schmerzen empfinden konnte. Nur Ekel. Ekel vor diesem rabiaten Kötertier. Und wieder wurde er einen Moment abgelegt. Sein Fell wies schon deutliche Spuren der Zähne auf, an ein paar Stellen trat noch mehr Füllwatte hervor, als es zuvor der Fall war. Dieses brutale Spiel würde also seinen Prozess der vollkommenen Zerstörung deutlich beschleunigen. Er wusste nicht, ob er sich darüber freuen sollte oder nicht. Im ersten Moment war er noch überglücklich gewesen, als ihn plötzlich diese großen, braunen Augen mit Neugier gemustert hatten. Einmal ein anerkennender Blick von einem Lebewesen ohne Hohn, ohne Spott, ohne den üblichen Ausruf eines Erwachsenen: „Lass das liegen! Das ist alt und schmutzig. Das brauchen wir nicht!" Einmal ein freundlicher, interessierter Blick. Aber wie panisch war er kurz darauf geworden, als er durch seine trüben Glasaugen erkannte, dass dieser warme Blick einem Hund, ausgerechnet einem Hund gehörte. Er hasste Hunde. Hunde waren im Prinzip noch schlimmer als kleine Kinder. Dieses blöde Fangen und Werfen und Fangen und Werfen. Entsetzlich. Er spürte die Zähne dieses Mal in seinem Rücken und er sah vor seinen lädierten Glasaugen den matschigen Untergrund der Winterwiese tanzen. Zum Glück konnte ihm nicht schlecht werden. Wäre diese Fähigkeit vorgesehen gewesen, wäre sie jetzt in ihrem ganzen Wirkspektrum zum Einsatz gekommen. Der braune Untergrund hüpfte vor seinen Augen, jeder Sprung des Hundes ließ die Zähne neue kleine Löcher in den früher so edlen Pelz reißen, und Herr Honig hatte den Eindruck, dass nur noch wenige Fäden seine kostbare Weste daran hinderten, abzufallen. Wie elend fühlte er sich.

Als er wieder für ein paar Sekunden abgelegt wurde, schoss ihm in all seiner Verzweiflung ein Gedanke in den Kopf. Vielleicht war es ja gar nicht das Schlechteste von diesem Hundevieh gefunden worden zu sein. Einige Menschen liebten diese seltsamen Geschöpfe ja so sehr, dass sie diese sogar in ihre Wohnungen ließen. Eine Idee, die ihm ganz und gar unbegreiflich war. Etwas Sabberndes, Müffelndes mit langen Zähnen hatte in seinen Augen gar nichts in einer hübschen Wohnung

zu suchen. Aber vielleicht würde es ihm ja als Hundespielzeug in einem Körbchen besser gehen als hier draußen auf und neben einer Parkbank. Es wäre wärmer und abgesehen vom Hundespeichel auch deutlich trockener. Noch bevor sich der Hoffnungsschimmer auch nur ein bisschen durchsetzen konnte, sah er zunächst im wahrsten Sinne des Wortes schwarz, da er dieses Mal mit den Augen voran im Hundemaul gelandet war. Aber auch im übertragenen Sinne siegten die düsteren Gedanken. Wer würde denn so etwas wie ihn in einer normalen Menschenwohnung dulden? Einen schmutzigen, zerrissenen, geschundenen Teddybären mit völlig ruinierten Kleidungsstücken? Wohl kein Mensch..... Er musste nun einfach abwarten, was geschehen würde, aber im Grunde seines Herzens war er sich sicher, dass er sein nun wohl nicht mehr fernes Ende genau auf dieser Wiese hier erleben würde. Wem auch immer der Köter gehörte, dieser Mensch würde sein Haustier sicher nicht zusammen mit ihm nach Hause nehmen. Er malte sich schon aus, wie er mit einer abfälligen Bemerkung und diver-

sen Ausrufen des Ekels mit einem kräftigen Wurf zurück in die Wiese befördert werden würde und dann im Matsch liegen würde, bis ihn zunächst die bald zu erwartende Schneedecke verbergen würde. Im Frühjahr wäre dann, mit etwas Glück, nicht mehr allzu viel von ihm sichtbar und die Prophezeiung der beiden Jungen würde sich erfüllen. Die unheilvolle Begegnung mit den beiden schien ihm eine Ewigkeit her zu sein. Er konnte nichts tun, außer tapfer abzuwarten. Er hatte keine Wahl.

18. Gutes Tier!

Frau Samyczek war stolz auf ihren neuen Liebling. Es war wirklich erstaunlich, wie gut er schon gehorchte. Er ließ sich brav die Leine anlegen, machte artig Sitz und wartete einen Moment lang, bis er ein kleines Stückchen Hundekeks zur Belohnung bekam. Es war ein niedliches Tier, ein echter Glücksgriff. Bevor sie nun mit Ruby die übliche Runde in der Innenstadt drehen würde, musste sie nun aber doch noch einen genaueren Blick auf seine Beute werfen. Was trug der Kerl nur mit sich herum? Er blickte sie an und aus seinem Maul schaute rechts und links ein Stück beigen Stoffs. Zum Glück kein lebendes Tier.... Aber – was war das denn? Frau Samyczek starrte ihren Hund erstaunt an. Konnte das wahr sein? Ruby bemerkte ihre Überraschung – schließlich musste er doch sonst nie so lange auf das heißersehnte Stückchen Naschwerk warten - und legte instinktiv sein neues Spielzeug an den Füßen Frau Samyczeks ab.

Sie konnte es nicht fassen. Das war ganz eindeutig etwas, das sie bestens kannte. Das war genau der Teddy, den sie Laura vor so vielen Jahren geschenkt hatte. Was war denn damit passiert? Obwohl das Geschöpf alles andere als ansehnlich war, bückte sie sich und hob es hoch. Mein Gott, was war damit denn geschehen? Das schöne helle Kunstpelzchen war völlig ruiniert, die Kleidungsstücke waren stark in Mitleidenschaft gezogen und die Glasaugen waren trübe. Oh nein! Im ersten Moment empfand sie eine Art Wut auf Laura. Wie konnte sie nur den Bären hier auf dieser Wiese vergessen? Aber schon wenige Sekundenbruchteile später besann sie sich. Das war ja Quatsch, völliger Quatsch. Laura war eine junge Frau. Sie lief doch nicht mehr mit diesem Bären auf dem Arm durch die Stadt. Das war sicher nicht möglich. Aber wie kam das Tier hierher? Da war doch wieder eine Spur von Wut und Enttäuschung. Hatte Laura etwa die Freude an dem hübschen Bärchen verloren? Hatte sie es verschenkt oder verkauft? Dann hätte sie das Mädchen aber völlig falsch eingeschätzt. Sie war sich sehr sicher, dass sie bestens verstanden hatte, welche Botschaft sie ihr mit diesem Geschenk übermitteln wollte. Das konnte so demnach ebenfalls nicht passiert sein. Langsam verebbten Zorn und Enttäuschung. Was blieb, war Traurigkeit. Einen Moment lang hegte sie den Gedanken, den Kerl einfach in der nächsten Mülltonne zu entsorgen, aber so schnell wie die Idee da war, war sie auch wieder weg. Auf gar keinen Fall! Das würde sie nie im Leben übers Herz bringen. Sie war sich einfach sicher, dass egal, was hier geschehen war, es nicht im Sinne Lauras war. Sie fasste einen Entschluss: So hässlich und schmutzig durfte das kostbare Tierchen nicht bleiben. Diesen Zustand hatte es unter keinen Umständen verdient. Sie griff zu einer sauberen Hundekottüte, verpackte den schmutzigen Bären darin und stopfte ihn in ihre Handtasche. Nun war erstmal der brave Ruby an der Reihe, der mit reichlicher Verspätung seine Leckerei erhielt und dann würde sie in aller Ruhe sehen, was zu tun war. Eile war ja keine geboten und es gab keinen Grund auf den gemütlichen Stadtrundgang zu verzichten. Ruby wedelte freudig und so machten sich die beiden auf den Weg in die weihnachtlich dekorierte Innenstadt. Es dauerte nicht lange und sie kamen an einem kleinen Geschäft vorbei, an dem sie normalerweise keine Pause einlegten. Sorgfältig band Frau Samyczek Ruby an dem kleinen Treppengeländer fest, welches die vier Stufen bis zur Eingangstüre säumte. Ruby fiepte ein bisschen und sie tätschelte ihm sein Köpfchen. Abschiede waren gar nichts für ihn – das wusste sie. Aber daran musste er sich einfach gewöhnen. Nach wenigen Minuten war sie schon wieder zurück bei dem Hund und beide setzten den Spaziergang fort. Ruby reagierte etwas irritiert auf die Abweichung von der üblichen Routine und bellte kurz auf. Für gewöhnlich liefen sie nur einmal die Fußgängerzone auf und ab und er war noch fast nie vor einem Geschäft angeleint worden, aber heute schien alles anders zu sein. Beim dritten Geschäft gewann sein Gebell an Lautstärke. Frau Samyczek lächelte. Nun riss dem braven Tier wohl der Geduldsfaden. Sie verstand Ruby ja, aber er musste sich nach und nach daran gewöhnen, geduldiger zu sein. Sie beschloss, den Rückweg zur Bushaltestelle anzutreten und nach Hause zu fahren. Ein Blick auf ihre Uhr verriet ihr, dass in Kürze einer der blaugelben Linienbusse an der Haltestelle beim Rathaus abfahren würde. Ruby beruhigte sich, als er bemerkte, wohin der Weg führte, und Frau Samyczek hatte einen sehr genauen Plan im Kopf.

19. Hoffnung?

Nun fabrizierten Herrn Honigs Gedanken die wildesten Purzelbäume. Nach dieser langen Zeit des trostlosen Abwartens, der Langeweile und Ödnis war heute anscheinend der Tag der sich überschlagenden Ereignisse. Er verstand wirklich überhaupt nichts mehr. Er klammerte sich nur an ein Detail des ereignisreichen Tages: Der Geruch der Hände, die ihn zuletzt gehalten hatten, kam ihm irgendwoher bekannt vor. Er konnte diese Erinnerung im Moment nicht einordnen, aber auf irgendeine Weise haftete ihr etwas Positives an. Das vermochte ihn zu trösten. Etwas, wozu sein aktueller Aufenthaltsort definitiv nicht in der Lage war. Nun gut, der Plastikbeutel war sauber, aber das war doch kein Aufbewahrungsbehältnis, das seiner würdig war. Ganz sicher nicht. Außerdem war er offenbar in einer dunklen und stickigen Tasche gelandet, die ihm jede Möglichkeit nahm, irgendetwas zu be-

obachten. Das Schaukeln der Tasche verriet ihm allenfalls, dass seine neue Besitzerin mit ihm die Straßen entlanglief. Er würde also mit allergrößter Sicherheit nicht auf der ihm vertraut gewordenen Wiese vergammeln müssen. Dieser im Prinzip gute Gedanke hielt sich allerdings nicht lang. Aus Lauras Wohnung wusste er sehr wohl, dass Plastikbeutel absolut nichts Gutes verhießen.

Waren das nicht die Beutel, in denen Laura stets ihren Unrat entsorgte? Hatte ihn der Mensch nur eingepackt und mitgeschleift, um ihn irgendwo in einer Mülltonne zu entsorgen? Dann gäbe es nicht den geringsten Anlass zu Hoffnung. Was wohl angenehmer wäre? Das Lebensende BEI Müll zu verbringen oder ALS Müll auf einer Wiese? Darauf wusste er absolut keine Antwort. Das Schaukeln der Tasche hatte nun aufgehört und die Menschenhand ergriff ihn. Nun wurde er in all seiner Hässlichkeit und seinem Schmutz ausgepackt und landete auf einem sehr sauberen Tisch, der angenehm nach Stoff und Wärme roch. Er sah, wie sich zwei Gesichter über ihn beugten. Er hatte keine Kraft mehr. Er wollte nicht noch einmal hören, wie hässlich und eklig und kaputt er war. Er blendete das ganze Gespräch aus und versenkte sich ganz ganz tief in Gedanken an sein letztes Zuhause bei Laura. Dort war es ähnlich sauber und warm gewesen – bis auf die Momente, in denen der Staub etwas überhand genommen hatte. Aber das war längst verziehen und vergessen – wie gerne wäre er einfach dorthin zurückgekehrt. Nun bereute er seine Entscheidung, dem Gespräch nicht gelauscht zu haben, denn für seine Begriffe mehr als plötzlich wurde er wieder in den Kunststoffbeutel verfrachtet und in die Handtasche gestopft. Hätte er genauer hingehört, hätte er nun vielleicht begriffen, was Sache war. Der schaukelnde Spaziergang in der Handtasche dauerte schon eine ganze Zeitlang. Er versuchte, optimistisch zu sein und sich einzureden, dass alles gut gehen werde, aber er war damit nur mäßig erfolgreich. Immerhin hatte er hier in der Tasche seine Ruhe vor den Zähnen des Köters. Diesem Gedanken konnte er in der Tat etwas abgewinnen. Nun ruhte die Tasche eine Zeitlang offenbar zwischen den Füßen ihrer Besitzerin. Er hörte das Hecheln des Hundes neben sich. Sonst war für ein paar Minuten alles ruhig. Wenn er nur gewusst hätte, was das zu bedeuten hatte... Nach einer Weile verspürte er, wie die Handtasche wieder geschnappt wurde und die schaukelnden Bewegungen setzten wieder ein. Wohin wurde er nur gebracht? Er hörte das Geräusch einer Haustüre, spürte, wie die Tasche zu Boden gestellt wurde und schon wurde er aus seinen Transportbehältnissen befreit. Da waren wieder die Hände, diese bekannten Hände – und – er traute seinen Augen nicht. Er konnte sein Glück kaum fassen! Ja, natürlich, das war sein erstes Zuhause! Das war die alte Dame, bei der er sich damals so wohlgefühlt hatte. Was hatte er nur für ein Glück! Sollte er hier vielleicht wieder einziehen dürfen? Solange er nicht als Hundespielzeug gedacht war... Wobei er sogar dieses Schicksal dem Aufenthalt auf der matschigen Wiese vorgezogen hätte. Der Hund war nach dem Ausflug anscheinend recht müde. Nach ein paar lustlosen Happen aus seinem Futternapf rollte er sich auf einer kuscheligen Karodecke zusammen. Der würde ihn zumindest heute in Ruhe lassen. Was für eine beruhigende Vorstellung! Im Moment wurde Herr Honig an einem Beinchen durch die Wohnung getragen – nicht gerade bequem, aber alles war besser als das, was er in letzter Zeit erlebt hatte. Er war so aufgeregt, so voller Freude wie schon lange nicht mehr. Wenn er nur gekonnt hätte, er hätte sich so gerne bemerkbar gemacht. Aufmerksam dreinzublicken gelang ihm nicht mehr so recht, seit seine Augen diverse Beschädigungen erlitten hatten. Er begnügte sich mit Abwarten. Er war sich jetzt sicher, dass ihm nichts Böses drohen würde. Er wurde auf ein Handtuch auf einen Tisch gelegt. Von so viel Luxus war er schon sehr lange nicht mehr umgeben gewesen. Dann hörte er das Rauschen von Wasser. Er ahnte, was wohl folgen würde und es erstaunte ihn in keiner Weise. Sekunden später wurde er in warmes, nach Lavendel duftendes Wasser getaucht und gründlich gewaschen.

Wie unendlich gut das tat! Es schien ihm, als könnte er allein dadurch schon viel seines früheren würdigen Erscheinungsbildes zurückerlangen. Niemand konnte ihn mehr eklig finden! Die nächsten Stunden verbrachte er mit dem Trocknungsprozess auf dem Handtuch, das nun allerdings auf der Heizung platziert worden war. Offenbar war jetzt Nacht und Hund und Frauchen schliefen, jedenfalls hörte er nichts mehr. Seit langer Zeit träumte er wieder einmal etwas in der Nacht und er konnte es seit einer gefühlten Ewigkeit zum ersten Mal kaum erwarten, dass der neue Tag begann. Er musste sich allerdings etwas gedulden. Der gute Geruch von Kaffee ließ ihn erraten, dass es nun Frühstück geben würde, dann forderte das Kötertier etwas Aufmerksamkeit ein. Aber dann, dann war er wieder an der Reihe. Die alte Dame überprüfte sorgfältig, ob er an allen Stellen seines Körpers vollständig getrocknet war. Wie angenehm sich das anfühlte! Es schien ihm eine Ewigkeit vergangen zu sein, seit er dieses Gefühl zum letzten

Mal erlebt hatte. Anschließend begann sie sorgfältig und ganz langsam alle seine Risse zu stopfen und versorgte ihn mit kleinen Mengen frischer Füllwatte, die sie behutsam und zärtlich vor dem Zunähen in die schadhaften Stellen stopfte. Es musste viel Zeit vergangen sein, denn nun war wieder der Hund an der Reihe. Es war Herrn Honig so egal. Er hätte auch drei Tage hier auf dem Handtuch ausgeharrt. Was wollte er denn mehr? Es war warm, trocken, sauber und roch gut – ein wahres Paradies. Später am Tag machte sich die Dame daran, seine Pfoten zu reparieren. Seine Vorderpfoten lagen in einem günstigen Winkel und er konnte erkennen, dass sie mit Garnen und Fäden den Ursprungszustand wieder herstellte. Sogar die braune Stickerei trug sie sorgfältig wieder auf und schnitt überstehende Fadenstücke ab. Er fühlte sich großartig. Natürlich war er noch nicht ganz der Alte, aber er konnte sich selbst wieder leiden und spürte wieder Lust am Leben. Ein wunderbares Gefühl.

20. Routine?

Laura konnte es kaum glauben. Nun waren tatsächlich ihre letzten Tage hier in Hanoi angebrochen. War sie nun wirklich schon über zwei Monate hier? Manchmal kam es ihr in der Tat lange vor, gerade dann, wenn alltägliche Erlebnisse sie nicht mehr so in Erstaunen versetzten wie in der ersten Woche. Der Verkehr beispielsweise hatte etwas von seiner Faszination verloren. Die abenteuerlichen Gefährte amüsierten sie zwar immer noch, aber sie hatte aufgehört, ständig Fotos vom Straßenverkehr zu machen. Eindeutig ein Zeichen dafür, dass es Alltag geworden war. In anderen Momenten fühlte sie sich immer noch, als ob sie soeben aus dem Flugzeug gestiegen wäre. Vor allem wenn sie am Straßenrand ganze Familien auf den beliebten niedrigen Plastikstühlen sitzen sah, umgeben von Plastikmüll, versunken in wenige kleine Tätigkeiten. Wie gerne hätte sie mit den Kindern gespielt, wie sie es von Zuhause kannte. Hätte Malstifte und Bälle verteilt, einen Sand-

kasten aufgestellt oder ein Hüpfspiel aufgemalt. Die Kinder saßen nur da, auf dem Schoß der Erwachsenen, im Qualm der Zigaretten und im Abgasgestank der Autos, ohne jede kindgerechte Beschäftigung. Nur in der ehemaligen Universität, die Laura einmal mit Chris zusammen besichtigt hatte, hatte sie Kinder im Schulalltag erlebt. In hübschen blauen und roten Uniformen waren sie auf dem Innenhof des Geländes zusammengekommen zu einer Art Zeugniszeremonie. Chris hatte versucht, es ihr zu erklären, aber ihm fehlten ein bisschen die Worte und die konkreten Vergleichselemente in Deutschland. Egal. Laura fand es herzerfrischend, wie die Kleinen ihr durch die Scheibe des Vans winkten und ihr immer wieder entgegenriefen: „Hello! How are you? What is your name?".

Dort hatte sie den Eindruck, glückliche Kinder zu sehen. Vielleicht war die Erziehungsmethode auf dem Schoß der Großfamilie ja auch gar nicht so falsch, wie sie vermutete. Laura nahm eine leichte Jacke aus ihrem notdürftigen Kleiderschrank und entschied sich für eine

lange Leinenhose und geschlossene Schuhe. Es war zwar sehr warm, aber sie wollte aufgrund der doch recht zahlreichen Stechmücken kein Risiko bei der Besichtigung des Nachtmarktes eingehen. Auf Hände und Gesicht trug sie reichlich Insektenschutzmittel auf. Der Geruch würde ihr in Deutschland definitiv nicht fehlen. Sie freute sich darauf, stattdessen zuhause mal wieder ein echtes Parfüm auftragen zu können. Sie trat vor das Haus. In Kürze würde Chris sie abholen kommen, um mit ihr über den Nachtmarkt zu schlendern. Ein solcher war Laura überhaupt kein Begriff und sie war sehr gespannt, was sie erwarten würde. Längst hatten Chris und sie ihre Handynummern ausgetauscht und Chris machte ihr regelmäßig Vorschläge für gemeinsame Besichtigungen. Seit er ihr von seiner Frau und seiner kleinen Tochter erzählt hatte, war sich Laura auch ganz sicher, dass er kein Interesse an etwas anderem als einer oberflächlichen, freundschaftlichen Beziehung zu ihr hatte. Sie fand ihn nett, aber definitiv nicht nett genug, um eine Fernbeziehung auch nur im Entferntesten in Erwägung zu ziehen. Das

fühlte sich so auch völlig richtig an. Hier sah sie schon zwei Motorroller herannahen. Anh würde heute Abend auch mitkommen. Laura war sich sicher, dass ihr ein lehrreicher und interessanter Ausflug bevorstand. In der Tat wurden ihre Erwartungen nicht enttäuscht. Anh brauste mit ihrem Motorroller neben Laura und Chris durch den turbulenten Nachtverkehr. Es war erst etwa 20 Uhr, aber der Himmel war tiefschwarz. Die vielen, vielen Lichter der Autos und Motorroller sorgten in den Straßen genauso für Licht wie die zahlreichen Leuchtreklamen und Geschäftsschilder. Nach einer relativ kurzen wilden Fahrt parkten die beiden Vietnamesen ihre Motorroller. Laura war stolz auf ihren Orientierungssinn, der hier gewaltige Fortschritte gemacht hatte: Sie erkannte das Gebäude des Wasserpuppentheaters wieder und wusste ungefähr, in welchem Viertel Hanois sie sich aufhielt. Sie liefen eine Straße entlang, bogen dann zweimal ab und befanden sich auf dem Nachtmarkt. Laura wusste nicht, was genau sie sich vorgestellt hatte, aber definitiv etwas anderes als das, was sie nun sah.

Etliche reichlich provisorische Marktstände reihten sich aneinander. Feilgeboten wurden allerlei Markenartikel, die Chris und Anh synchron als Fälschungen bezeichneten, Handys und Gürtel, Kleidung aus Bambusfaser, CDs und USB-Sticks – ein wirres Kuddelmuddel, das Laura entfernt an den Herbstjahrmarkt in ihrem Dorf erinnerte. Zwischen den Verkaufsständen waren immer wieder Suppenküchen zu finden, wo man Pho kaufen konnte. Als Laura vorsichtig nachfragte, ob sie hier essen würden, blickten Anh und Chris sich einen Moment lang zögernd an. Sie wollten ihr die Entscheidung überlassen. Sie selbst würden hier schon öfter einen Happen zu sich nehmen, aber die hygienischen Bedingungen seien unter Umständen nicht für jedermanns Magen geeignet. Es gäbe keinerlei fließend Wasser, das Geschirr würde häufig am Straßenrand gewaschen und die Zutaten seien für Touristen etwas gewöhnungsbedürftig. Chris kicherte. Wenn sie noch etwas Eigentümliches sehen wolle, dann solle sie mitkommen. Er sagte ein paar Sätze auf Vietnamesisch zu Anh, sodass auch sie etwas kicherte. Er nahm beide mit in eine Seitengasse. Vor einem Stapel Pappkartons und Styroporschachteln saß eine Gruppe Vietnamesen auf blauen, kleinen Plastikschemeln.

Um sie herum waren in wirrer Folge kleinere und größere schwarze Kochtöpfe aufgestellt, die mit Wasser gefüllt waren. Immer mal wieder goss man etwas frisches Wasser in die Tiegel oder ließ etwas von der bereits abgestandenen Flüssigkeit ablaufen. Laura trat einen Schritt näher, um besser erkennen zu können, was hier verkauft wurde. Ihr stockte der Atem: in der Enge der Töpfe schwammen – naja , das Verb war wohl ein bisschen deplatziert – vegetierten unterschiedlich große Wasserschildkröten. „Für Schildkrötensuppe", meinte Chris nur lapidar. Anh kicherte: „Nicht alle mögen das! Ich finde die Suppe so lecker, aber manche behaupten, Schildkröten stinken beim Kochen!" Chris entgegnete lachend: „Ich zum Beispiel!" Laura fand den Anblick unglaublich. Spielten hier denn Artenschutz und artgerechte Tierhaltung überhaupt keine Rolle? Konnte man die wunderschönen Tierchen in Eimern und Töpfen vor sich hinvegetieren lassen, ohne dass es jemanden interessierte? Laura glaubte sogar zu wissen, dass der Verzehr von Wasserschildkröten weltweit verboten sei. Entsetzt hielt sie sich die Hände vor ihren Mund. Warum nur musste man ihr so etwas Grausames zeigen? Chris bemerkte ihren völlig schockierten Blick und Anh auch. Sie zogen sie zur Seite. Es entspann sich ein sehr intensives Gespräch über das Gesehene. Laura wollte wissen, warum die beiden auf etwas so Entsetzliches derart amüsiert reagieren konnten, während es Anh und Chris unbegreiflich war, dass man sich so viele Gedanken über das Wohl dieser Tiere machen konnte. Es seien doch nur irgendwelche Wassertiere und diese seien eben da, um gegessen zu werden. Seit langem bemerkte Laura wieder einmal, wie unglaublich verschieden ihre Lebenswelten waren. Natürlich hatte sie sich in den Monaten hier an so manches gewöhnt: Der Straßenverkehr, der Müll am Straßenrand, die Armut in einigen Straßenzügen... Sie hatte hier viel Schönes erlebt und gesehen, sie war dankbar für alles, was sie hier gelernt und erfahren hatte, aber sie wusste, dass für sie persönlich dieses Land nie eine neue Heimat werden könnte. Und mit dieser Gewissheit und Klarheit begann sie auf einmal Abschied zu nehmen.

21. Gemischte Gefühle

Als Laura sich wieder einigermaßen von dem schockierenden Anblick erholt hatte, setzten die drei ihren Spaziergang fort. Es dauerte eine Zeitlang, bis sich die Stimmung wieder normalisiert hatte. Das Unverständnis für ihre kulturellen Unterschiede hatte sich wie ein Schatten über sie gelegt. Das ließ sich nicht mehr einfach so beiseiteschieben. Irgendwie resignierten dann alle drei. Sie würden sich für die letzten Tage einfach arrangieren. Das Problem könnten sie eh nicht lösen. Für Laura war etwas zerbrochen. Sie schrieb es ihrer Naivität zu, dass sie sich hier schon fast für integriert gehalten hatte. Vielleicht war sie heute Abend aber auch einfach besonders empfindlich oder sentimental. Sie musste diesen Anblick nun eben so gut es ging verdrängen. Chris wollte ihr ja nichts Böses. Er wollte ihr nur etwas zeigen, was sie in Deutschland definitiv noch nie gesehen hatte. Sie

versuchte ja auch, zu verstehen, was die beiden so amüsiert hatte, aber auch dieser „Spaß“ erschloss sich ihr nur bedingt. Eigentlich lache man nur in Nordvietnam über Leute, die Schildkrötensuppe zubereiteten, weil das eine Spezialität des Südens sei, aber sie kämen beide aus dem Norden und trotzdem... Nun gut. Die alten Animositäten schienen sich also ähnlich lange zu halten wie die Witze der Wessis über die Ossis und umgekehrt. Sei's drum. Sie musste unter das soeben Gesehene einen Schlussstrich ziehen. Höflich, aber deutlich distanzierter als zuvor erklärten ihr Anh und Chris nach wie vor einige Besonderheiten des Nachtmarktes. Dann begleiteten sie Laura für eine kleine Pause zwischendurch in ein typisch vietnamesisches Restaurant.

Noch vor wenigen Tagen wäre Laura hellauf begeistert gewesen, aber nun beobachtete sie reichlich ernüchtert, was um sie herum geschah. Es war nicht ihre Lebenswelt und die würde es auch nicht werden. Vielleicht lag ihr Gefühl der Distanz und der Fremdheit auch

daran, dass Anh und Chris nun viel häufiger Vietnamesisch sprachen als zu Beginn des Abends. Vielleicht war sie in ihren Augen ja im wahrsten Sinne des Wortes zum Fremdling geworden, zur seltsamen Europäerin, die nicht über Schildkrötensuppe lachen konnte. Es war, als ob sich eine kühle Wand zwischen ihnen aufgebaut habe, ein Hauch von Kälte, der sich trotz beiderseitigem Bemühen nicht mehr richtig verdrängen ließ. Wahrscheinlich hatte sie die beiden mit ihrem leidenschaftlichen Plädoyer für Tierwohl und Artenvielfalt zu sehr brüskiert. Bestimmt hatte sie ihnen das Gefühl gegeben, alles besser zu wissen. Sie versuchte, ihr Gedankenkarussell in den Griff zu bekommen und ihre Umgebung wieder mit Interesse wahrzunehmen. Immerhin war es doch reichlich amüsant, dass im Vorratsregal des Restaurants neben den Plastiktüten mit Salat ein kleiner Hund seinen Schlafplatz gefunden hatte.

Und es war auch interessant zu sehen, dass die Kinder der Restaurantbesitzer draußen in der schmutzigen Straßenluft mit zweifelhaft sauberen Händen in schwungvollen Bewegungen Reisnudeln ausdrehten. Nichtsdestotrotz ging es sie irgendwie nichts mehr an. Sehr zum Bedauern von Chris und Anh kostete sie kaum vom servierten Essen. Eine Sorte Fleisch, die in reichlich Fett frittiert war, schmeckte ihr recht gut. Noch vor wenigen Minuten hätte sie neugierig nachgefragt, was das sei, und hätte sich die Zubereitung erklären lassen.

Jetzt war es ihr lieber, wenn sie es gar nicht wusste. Aus dem Kichern der beiden schloss sie, dass es wohl nichts besonders Appetitliches war. Sie redete sich einfach ein, es sei etwas fettiges Geflügel, auch wenn es optisch eher Tintenfischstückchen ähnelte. Mit ihrer selbstgestrickten Überlegung war ihr Informationsbedarf gedeckt. Nach dem Essen liefen sie zu den Motorrollern zurück. Sie kamen an einem Stand vorbei, an dem Laura länger verharrte, als ihr lieb war. Es wurden Plüschtiere verkauft. Auf einmal vermisste sie Herrn Honig schmerzlicher als zuvor. Wenn sie aus dieser Fremde zurückkehren würde, würde er zum ersten Mal nicht auf dem üblichen Regal auf sie warten. Sie blickte in die Augen der Tiere. Ein lebloser Blick aus ausdruckslosen Glasaugen.

So etwas wie Herrn Honig würde sie sicher ihr Leben lang nicht mehr finden. Es war ihr heute Abend einfach alles zu viel. Der grässliche Anblick der Schildkröten, ihre Desillusionierung bezüglich ihrer vermeintlichen Integration, die vielen positiven und liebenswerten Eindrücke, die sie doch unbedingt behalten wollte, der Anblick der billigen Plüschtiere – ihr traten die Tränen in die Augen. Sie stand da, starrte auf die nichtssagende Auslage und weinte. Chris und Anh standen ratlos daneben. Selbst wenn sie gefragt hätten, Laura hätte nicht gewusst, was sie hätte sagen können. Um überhaupt wieder aus der Situation herauszukommen, entschied sie sich spontan, ein kleines braunes Plüschbärchen zu kaufen, das ein rotes Herzchen mit silbernen Punkten in seinen Pfoten hielt und als Schlüsselanhänger gedacht war. „Made in Bangladesh“ war auf dem weißen Etikett an seinem rechten Bein zu lesen. In diesem Augenblick schien das Tierchen für sie ein persönliches Sinnbild für ihren Aufenthalt in Hanoi zu sein. Ein Fremder im Land, irgendwie stolz darauf, hier zu sein und irgendwie froh darüber, wieder wegzukommen, und nicht zuletzt zumindest von der Fellfarbe her ein bisschen wie Herr Honig, der sie hier so oft in unerwarteten Momenten begleitet hatte. Vielleicht konnte ihr der kleine Anhänger ja dabei helfen, auch den positiven Erlebnissen genug Raum zu geben und nicht alles durch die Hässlichkeit dieses einen Anblicks und dieses einen seltsamen Abends auslöschen zu lassen. Anh und Chris schauten ihr ratlos beim Einkauf zu. Laura war sich sicher, dass die umgerechnet 70 Cent für den Bären viel zu viel Geld waren, aber es war ihr völlig egal. Sie legte sogar noch etwas drauf, lächelte den verdutzten Verkäufer kurz an und lief dann weiter. Es war eine Art Abschiednehmen von Vietnam. Sie war sich sicher, dass sie nie wieder hierherkommen würde, egal wie dankbar sie für die Erfahrung war und egal, wie gut ihr das Praktikum für ihre Persönlichkeit getan hatte. Mit dem heutigen Abend ging für sie die Episode zu Ende und das fühlte sich richtig an.

22. Verwandlung und Veränderung!

Er konnte nicht genau einschätzen, wieviel Zeit vergangen war, aber es war ihm auch ganz egal. So gut wie im Moment war es ihm schon sehr lange nicht mehr gegangen. Er konnte gar nicht genug vom feinen Lavendelduft seines Pelzchens bekommen. Und die Wärme und Trockenheit in der Wohnung! Wie wunderbar war es doch, in einem geschlossenen Raum zu sitzen. Keine Gesellschaft von Ratten mehr, kein Geruch nach vergammelnden Blättern und feuchter Wiese, sondern dieses wunderbare Parfüm eines sauberen, gepflegten Menschen. Ruby blieb ihm nun zum Glück vom Hals. Der Hund durfte anscheinend nicht mehr mit ihm spielen – umso besser. Er war nun wieder das Geschöpf, das er bei Laura so lange gewesen war: ein hübsches, gepflegtes Tier, dessen Aufgabe es einfach nur war, auf dem Tisch oder auf dem Regal zu sitzen. Kurzum, ein Leben nach seinem Geschmack. Was ihn allerdings ein bisschen traurig stimmte, waren seine nach wie vor so trüben Augen. Er hätte gerne wieder klarer gesehen.

Chris hatte Laura zum Flughafen gebracht. Er hatte ihr noch ein Restaurant gezeigt, indem die Einheimischen den besten Pho der Gegend verspeisten. Laura war schon wieder etwas versöhnlicher gestimmt als während des Abends auf dem Nachtmarkt, aber für sie war es nicht mehr wie zuvor. Die Neugier und die Leichtigkeit waren ihr irgendwie abhandengekommen. Um 20 Uhr erreichten sie das Fluggelände. Chris bot sich zwar an, ihr das Gepäck in die Abflughalle zu tragen und er hätte auch mit ihr bis zum Check-In in zwei Stunden gewartet, aber Laura zog es vor, alleine zu sein. Anh hatte sie nur noch kurz gesehen.

Ihr Abschied fiel höflich und freundlich aus, aber sie wussten beide, dass sie sich nie wiedersehen würden. Jeder lebte in seiner Welt. Nun saß Laura in der Abflughalle und ließ die letzten zweieinhalb Monate Revue passieren. Viele Eindrücke würden ihr wohl ewig in Erinnerung bleiben. Sie lehnte sich auf der Wartebank zurück und schloss für einen Moment die Augen.

Er hatte sich in den letzten Tagen ziemlich verändert, aber sehr zu seinem Vorteil, wie er fand. Seine Weste war so lädiert gewesen, dass die Dame sie gegen einen sportlichen, hellblauen Hoodie mit Kapuze ausgetauscht hatte. Dieser stand ihm seiner Meinung nach viel besser als das frühere Kleidungsstück. Auf der Vorderseite prangte ein großes, silbrig glänzendes „H“ und er hatte, das Gefühl, das ihm das wie auf den Leib geschneidert war. Seine aufgeplatzten Nähte waren wieder äußerst sauber verschlossen, nichts mehr wackelte und alle kleinen Risse waren gestopft. Er war sehr glücklich, denn das neue Kleidungsstück verdeckte bestens die etwas schäbig gewordenen Stellen in seinem Plüsch. Manchmal setzte ihm die Dame auch eine modische, hellgraue Mütze auf, die die Farbe des großen „H“ wiederholte. Unter ihr konnten sich seine leicht spröde gewordenen Öhrchen ver-

bergen. Er fand, dass sie ihn geradezu zu einem neuen Bären machte. Nun spürte er, wie ihn die Finger der alten Dame vorsichtig ergriffen und sie hielt ihn vor ihr Gesicht. Ihre freundlichen Augen blickten ihn freudig an, so gut er das mit seinen lädierten Sehorganen erkennen konnte. Er war überglücklich, wenngleich er ahnte, dass noch etwas kommen würde.

Nun war der Moment des Boardings gekommen. Die schmucke Maschine mit dem grün-roten Lotusblütenemblem in der Nähe des Hecks stand schon bereit. Familien mit Kindern durften zuerst einsteigen, aber es waren nur zwei asiatische Familien mit Kleinkindern unterwegs. Dann kamen die restlichen Passagiere an die Reihe. Laura freute sich auf den Flug nach Hause. Wie nervös und angespannt war sie beim Hinflug gewesen und wie leicht und froh war ihr jetzt zumute. Der Aufenthalt hier hatte ihr gutgetan. Sehr gut sogar. Sie dachte an die Packung Reis und die Räucherstäbchen, die sie für ihren Chef ge-

kauft hatte. Das war eine nette Geste, die auf keinen Fall zu üppig und aufdringlich war. Die Menschenschlange bewegte sich Richtung Flugzeug und dann in den Flieger hinein. Laura hatte einen Fensterplatz. Neben ihr saß eine junge Vietnamesin, den Platz zum Gang hatte ein grauhaariger Herr eingenommen. Laura warf einen Blick durch das Fenster. Viel würde sie sicher nicht sehen, aber vielleicht manchmal Lichter. Sie freute sich auf den Anblick des deutschen Flughafens von oben. Dann hätte sie morgen früh ihr Abenteuer bestanden. Als sie hinaus auf das Flughafengelände blickte, tanzten dort die blinkenden Lichter der Lotsenfahrzeuge und der Gepäcktransporter. Urplötzlich fielen ihr die glitzernden Augen Herrn Honigs ein. Wie fremd und unpassend hatte er in ihrem Kinderzimmer ausgesehen und wie gut würde seine elegante Erscheinung eines Herrn von Welt jetzt zu ihr passen. Aber er war nicht mehr da...

Wenn man ihn gefragt hätte, hätte er wohl zugeben müssen, dass er ziemlich erschrak, als er erkannte, was da neben ihn auf das hellblaue Handtuch gelegt worden war. Zwei wunderschöne tiefschwarze Glasaugen guckten ihn an. Oh je! Das war nun schon ein seltsamer Schritt, der ihm da bevorstand. Die alte Dame drückte ihm behutsam mit dem Zeigefinger auf den Bauch und murmelte etwas vor sich hin. Dann hob sie ihn kurz hoch, drückte ihm ein Küsschen auf die Stirn und sagte dann entschieden: „Bald bist du wieder tadellos schön und dein hübsches Gesichtchen erstrahlt wieder in altem Glanze! Da wird sich sicher jemand freuen!“ Herr Honig schwebte wie auf Wolke 7. Wann hatte ihn das letzte Mal jemand so liebevoll behandelt? Laura bei ihrem Abschied? Vielleicht. Hätte er ein kleines Bärenherzchen gehabt, hätte es nun bestimmt viel schneller geschlagen als zuvor. Er spürte nichts – er hörte nur das schnappende Geräusch der Schere. Und schon war alles dunkel um ihn herum.

Die Maschine bewegte sich in zunehmendem Tempo Richtung Abflug. Die Lichter draußen sausten vorbei, dann kam der kleine Moment der Schwerelosigkeit und schon wurde Hanoi immer kleiner und kleiner. Die honigfarbenen Lichter waren bald nur noch ein gelber Schatten und als die Maschine ihre Flughöhe erreicht hatte, bat der Pilot um die Schließung der Jalousien, damit für alle Passagiere der Flug angenehm verlaufe. Laura war ein bisschen enttäuscht. Sie hätte gerne ab und an einen Blick nach draußen geworfen. Sie zog die kleine graue Jalousie nach unten und starrte einen Moment lang den dunkelgrauen Stoff an. Sie wusste nicht warum, aber ihr fiel schon wieder dieser kleine Bär ein, den sie sich selbst überlassen hatte. Auf dem Platz im Regal würde ab sofort etwas fehlen. Als gegen halb elf in der Nacht das Abendessen gereicht wurde, entschied Laura sich für die europäische Variante. Nudeln mit Fisch. Ihr war nicht mehr nach vietnamesischen Spezialitäten. Gegen Mitternacht schlief sie bei dem Versuch, eine Liebeskomödie auf ihrem Bildschirm anzusehen, ein und wachte erst wieder auf, als es im Flugzeug wunderbar nach frischem Kaffee duftete.

Der Moment der Dunkelheit kam ihm relativ lange vor, obwohl langes Abwarten ja mittlerweile nichts Besonderes mehr für ihn war. Innerlich lächelte er ein bisschen. Er schien doch noch ein Meister des Jammerns auf hohem Niveau zu sein. Was würden ein paar Minuten der Blindheit denn schon bedeuten? Alles war schließlich besser als die letzten Monate. Und da, ganz plötzlich war die Finsternis um ihn herum verschwunden. Endlich konnte er wiedererkennen, wo er war. Die alte Dame war noch auf einer Seite seines Gesichtes zugange. Er spürte das Ziepen des Fadens an seiner Stirn, dann hörte er das erneute Schnappen der Schere. Die Trübung seiner Augen war weg – seine neuen Glasaugen hatten wohl ihren Platz gefunden. Er sah die alten Augen neben sich liegen. Nun verstand er besser, weshalb er die Herzen der Menschen kaum mehr gewinnen konnte. Es waren nur noch stumpfe, graue Klumpen. Hoffentlich würde es ihm einmal gelingen, einen Blick in einen Spiegel zu erhaschen. Er würde sehr gerne einmal betrachten, wie sich die neuen Äuglein in seinem Gesicht machten. Er fühlte sich prächtig. Fast schon besser als jemals zuvor. Was wohl Laura sagen würde, wenn sie ihn so sehen könnte? Ein Anflug von Traurigkeit überkam ihn. Wahrscheinlich würde sie ihm nie wieder über den Weg laufen und nichts von seinen Abenteuern erfahren...

23. Geschafft?

Der Heimflug war erfreulich reibungslos verlaufen. Sogar am Gepäckband musste Laura nicht lange warten, ihr Koffer kam völlig unbeschadet an. Das Einzige, was ihr zu schaffen machte, war die Kälte in Deutschland. Der Umschwung von sommerlichen 26 Grad und der leicht drückenden Schwüle zu etwa 5 Grad und Nebel war schwer zu verkraften. Dennoch schmunzelte Laura. Sie hatte bereits etwas gelernt und hatte sich im Flugzeug umgezogen. Im Handgepäck hatten ein etwas wärmerer Pulli und eine Nylonstrumpfhose ebenso Platz gefunden wie ein Halstuch und geschlossene Schuhe. Sie fühlte sich deutlich weniger unbeholfen und deplatziert wie bei ihrer Ankunft in Hanoi. Sie stand am Bahnsteig und wartete auf die Einfahrt der S-Bahn, die sie zum Hauptbahnhof bringen würde. Es war ein gutes Gefühl, wieder zuhause zu sein. Und trotzdem bereute sie keine Mi-

nute ihres Aufenthalts in Hanoi. Nun freute sie sich auf ihre Wohnung. Seit zwei Tagen war der englische Austauschstudent wieder weg. Sie wollte gründlich lüften, die Kisten mit ihren persönlichen Habseligkeiten wieder nach oben tragen und es sich dann gemütlich machen. Für Weihnachten hatte sie noch gar keine Pläne. Vielleicht würde ihre Freundin Liv morgen ein bisschen vorbeikommen. Genug zu erzählen gab es ja. Irgendwann würde sie sicher auch zu ihren Eltern fahren. Aber sie genoss es sehr, nicht festgelegt zu sein. Als sie eine knappe Stunde später im Zug nach Hause saß, blickte sie um sich. Es war hier wirklich eine andere Welt. Sie hatte den Eindruck, dass es hier nach absolut nichts roch. Wie intensiv waren die Düfte und Aromen in den Straßen Hanois gewesen, aber natürlich auch der Gestank tausender Motorroller. Wie seltsam es sich doch anfühlte, auf einmal wieder jedes gesprochene Wort um sich herum zu verstehen, die Karte des Verkehrswegenetzes über der Tür des Zugwaggons auf Anhieb lesen zu können und wie nüchtern und sachlich klang Deutsch im Verhältnis zu den bewegten Sprachmelodien, die sie nun mehrere Wochen lang tagtäglich begleitet hatten. Sie holte den kleinen Bären aus ihrem Handgepäck und betrachtete ihn gedankenverloren. Es war falsch, die zweieinhalb Monate auf das eklige Erlebnis auf dem Nachtmarkt zu reduzieren. Dafür hatte sie viel zu sehr von ihrem Aufenthalt in Hanoi profitiert. Vielleicht mussten noch ein paar Tage oder Wochen vergehen, bis sie es so sehen konnte. Sie schaute in die leblosen Augen des Plüschbären. Schade um Herrn Honig. Sie hätte ihn behalten sollen.

Er blickte immer noch sehr glücklich um sich. Er fühlte sich so neu, so schön, so sauber – er hätte sich ewig allein an diesem Gefühl erfreuen können. Er hörte Ruby bellen. Der Köter war ihm kein einziges Mal mehr zu nahegekommen. Gut so. Dass er diesen Gedanken schon wenige Augenblicke später bereuen würde, konnte er ja nicht wissen. Er hörte nur, wie die alte Dame leise vor sich hinsang und wie sie ein bisschen mit sich selbst sprach. Wenn er gekonnt hätte, hätte er in diesem Moment selig gelächelt. Zu früh gefreut! Mit einem dumpfen

Geräusch landete ein dunkelgrüner Karton mit ebensolchem Deckel vor ihm auf dem Tisch. Dann packten ihn die beiden Hände der alten Dame. Sie hielt ihn hoch, direkt vor ihr Gesicht. Er roch ihr Parfüm aus Lavendel und Rose und er blickte ihr intensiv in ihre blaugrauen Augen. Sie ihm in seine. Dann drückte sie ihm ein zärtliches Küsschen auf die Stirn und betrachtete ihn noch einmal eingehend. „Hübsch bist du geworden! Sehr sehr hübsch! Fast noch edler als zuvor! Da wird das Kind Augen machen!", hörte er sie sagen. Dann legte sie ihn behutsam in den Karton und verschloss den Deckel. Herr Honig brauchte einen Moment, bis er realisierte, was nun geschehen war. Sollte sich jetzt etwa alles wiederholen? Sollte er jetzt wieder irgendwo abgestellt werden? Erst jetzt ließ er den Satz noch einmal genauer Revue passieren. Was hatte sie gesagt? Das KIND? Sollte er etwa ein Spielzeug werden? Sofort verfluchte er sich für seinen Gedanken von vorhin. Wäre er zum Hundespielzeug degradiert worden, wäre er wenigstens in kompetenten Händen gewesen, die jeden Riss hätten flicken können. Aber so wusste er ja wieder überhaupt nicht, wie es weitergehen würde. Er hatte gar keine Lust, in ein schmutziges, unaufgeräumtes Kinderzimmer zu ziehen und von klebrigen Kinderhänden ruiniert zu werden. Er war so erleichtert gewesen, dass nach dieser düsteren Phase, nach dem brutalen Fußballspiel, dem Aufenthalt hinter dem Kasten, dem Dahinvegetieren neben der Bank nun wieder eine so schöne Zeit begonnen hatte. Warum nur musste er jetzt weg? Zu einem Kind? Das konnte doch nicht wahr sein. Warum nur waren die Menschen so herzlos und gemein? Wie Laura damals hatte sich jetzt auch die alte Dame so liebevoll von ihm verabschiedet. Wenn man ihn mochte und ihn schön fand, warum behielt man ihn denn dann nicht einfach? Warum musste man ihn dann immer weiterschicken? Wenn er gekonnt hätte, hätte er wahlweise laut aufgeschrien oder aber den Deckel dieses blöden Kartons entfernt. Aber das konnte er ja nicht. Wie immer war er wieder dazu verdammt, ruhig zu bleiben, auszuharren und abzuwarten. Ihm fehlte jegliche Lust dazu. Es war einfach nur zum

Verzweifeln. Nun würde er wieder von schönen Erinnerungen leben müssen und sich von Tag zu Tag motivieren müssen. Ob das im völligen Dunkel der Schachtel leichter war als sehenden Auges neben der Parkbank blieb abzuwarten.

24. Wieder ganz zurück

Lauras Wiedereinzug in ihre Wohnung hatte ihr viel weniger Arbeit gemacht als gedacht. Alles war tadellos sauber hinterlassen worden und die paar Kisten mit ihren Sachen waren schnell wieder eingeräumt. Sie hatte den Eindruck, dass ihr alles wesentlich flinker von der Hand ging als bei ihrem Aufbruch. Klar, hier wusste sie ja, an welcher Stelle die Gegenstände ihren Platz hatten und sie musste nicht lange überlegen. Da alle Erinnerungen an Sebastian im wahrsten Sinne des Wortes verschwunden waren, gab es dieses Mal auch nichts mehr, was sie lange aufgehalten hätte. Nur einmal stockte sie kurz. Auf einem Regal lagen kaum sichtbar drei kleine beige Haare. Drei Haare aus Herrn Honigs Pelz. Stimmt, hier hatte er immer gesessen. Schade. Es war wirklich die falsche Idee gewesen, ihn wegzugeben. Sie setzte das kleine vietnamesische Bärchen an die Stelle, nahm es aber sofort wieder herunter. Nein, das war Herrn Honigs Platz. Der Kleine musste woanders hin. Hier – das ging nicht. Nach etwa zwei Stunden und etlichen eingeräumten Gegenständen fühlte sie sich einfach nur noch müde. Ein Teil war sicherlich dem Jetlag geschuldet, ein Teil ihrer Erschöpfung, dem Temperaturunterschied und der geringste Teil wohl dem Gefühl, morgen an Heiligabend den größten Teil des Tages und auf alle Fälle den besagten Abend allein zu sein. Sie ließ sich ein heißes Bad ein, genehmigte sich ein großes Glas Rotwein und ging sehr zeitig schlafen, viel früher als es ihrer Gewohnheit entsprach. In ihrem Traum vermischten sich die Bank, ihr Zuhause, die Haustürglocke und Herr Honig, die Halongbucht und die Wasserschildkröten zu einem unglaublichen Durcheinander an surrealer Ereignisfülle und als sie am nächsten Morgen erwachte, musste sie zuerst einmal gründlich ihre Gedanken sortieren, bevor sie sich einen Kaffee machte.

Es musste doch nun schon tief dunkel draußen sein, fast so dunkel wie in seiner Schachtel. Warum um alles in der Welt trug man ihn jetzt noch durch die Gegend? War es denn nicht genug, dass er überhaupt wegmusste? Hatte das denn nicht noch Zeit bis morgen? Er war verzweifelt. Noch vor kurzer Zeit ging es ihm so gut und nun ..... Er konnte nichts tun. Er musste warten. Offenbar waren sie nun am Ziel angekommen. Wahrscheinlich würde es jetzt nicht lange dauern und irgendein klebriges, ungeduldiges Kind würde ihn packen, an ihm zerren und reißen und ihn dann fußballspielender Weise die Straße hinunterbefördern, weil er ja „ein Scheißteddy" und ein „Dreckskitsch" sei und einfach nur verschimmeln müsse. Er hätte so viel darum gegeben, handeln zu können. Ein zweites Mal würde er das alles nicht durchstehen. Ihm wurde der Unsinn dieser Überlegung sofort bewusst. Wenn es so käme, MÜSSTE er es durchstehen. Er hatte ja keinerlei andere Möglichkeit. Nicht einmal seufzen konnte er. Sogar das hätte ihm schon gutgetan. Er konnte Stimmen vernehmen. Eine war die der alten Dame. Aber die andere kannte er auch. Zwar nur vage, aber immerhin. Und nein, er brachte sie nicht mit Kindern in Verbindung. Irgendetwas bescherte ihm Hoffnung. Plötzlich war da auch der Lärm einer Türklingel und auch dieser kam ihm irgendwoher bekannt vor. Jetzt hatte er in seiner dunklen Kiste wenigstens Stoff zum Nachdenken. Dieser Ton der Klingel, der gerade noch einmal zu hören war, löste ein ganz warmes, wohliges Gefühl in ihm aus. Er verstand im Moment nur nicht, warum. In diesem Augenblick hatte sich die alte Dame wieder in Bewegung gesetzt. Sie lief offenbar ein paar Treppen nach oben. Dann wurde der Karton abgestellt und die Schritte entfernten sich. Das gefiel ihm zwar nur bedingt, aber er hielt seine Lage nicht mehr für völlig hoffnungslos. Zumindest schien er in einem Gebäude zu sein, was seiner Erfahrung nach bedeutete, dass er nicht von Unrat umgeben sein konnte und dass er keinen Besuch von Ratten zu befürchten bräuchte. In seinem kleinen Plüschköpfchen drehte sich ein wildes Gedankenkarussell und es dauerte lange, bis ihm die einzig plausible Lösung in den Sinn kam.

Während Laura ihren heißen Kaffee trank und dazu mangels Alternative ein paar Kekse knabberte – sie war gar nicht traurig darüber, dass kein Pho mit Rindfleisch, Chili und Koriander auf sie wartete – fielen ihr immer wieder Elemente aus dem wirren Traum ein. Warum war ihre Türklingel darin aufgetaucht? War das denn wirklich ein Ereignis im Schlaf gewesen? Sie kam sich ein bisschen kindisch dabei vor, aber schließlich rang sie sich doch dazu durch, die Wohnungstüre zu öffnen. Vielleicht hätte ihr Vermieter etwas gebraucht? Oder er wollte sie rügen, dass die trotz seines ausdrücklichen Verbots einen ihrer Schlüssel mit nach Vietnam genommen hatte...? Egal. Ein kurzer Blick ins Treppenhaus konnte definitiv nicht schaden. Behutsam öffnete sie ihre Haustüre. Was war denn das? Da stand ja eine Art Päckchen! Hatte etwa Sebastian die aberwitzige Idee gehabt..? Nein, auf dem Karton lag ein Briefkuvert und die Handschrift war ganz sicher nicht die Sebastians. Es war eine altertümliche Schreibschrift..

Sie hob das Päckchen hoch. Ein grüner Karton. Er war leicht, sehr leicht. Viel konnte der nicht enthalten. Sie nahm ihn mit in die Wohnung. Mal sehen. Sollte sie nun neugierig sein und zuerst den Karton öffnen oder sollte sie sich noch einen Moment gedulden und mit dem Kuvert beginnen? Sie entschied sich für die zweite Möglichkeit, aber schon nach ein paar Zeilen hielt sie es nicht mehr aus. Der Brief war von Frau Samyczek. Laura konnte es kaum glauben! So lange hatten sie keinen Kontakt und jetzt fand sie so liebe Zeilen der alten Dame bei sich vor der Haustüre. Der Inhalt des Briefs war unglaublich: Frau Samyczek hatte „etwas, das dir viel bedeuten müsste" in der Stadt gefunden – Laura war außer Stande nun in Ruhe weiterzulesen. Schließlich konnte das ja nur bedeuten, dass in der Kiste ihr Herr Honig lag. Laura hob den Deckel an und spitzelte vorsichtig in den Karton – tatsächlich! Das war der vertraute beige Pelz und wunderschöne, schwarzschimmernde Glasaugen! Manches sah reichlich anders aus – aber er war es! Zweifelsfrei! Er war es! Laura holte den Bären aus dem Karton und drückte ihn an sich, so fest sie nur konnte. Nun hatte sie genug Geduld, um den langen Brief Frau Samyczeks zu lesen. Von Zeit zu Zeit blickte sie in das Gesicht des lieben, stolzen Herrn Honigs. Und wenn sie sich nicht täuschte, lächelte er ein bisschen.